Andrea Gutgsell

Tod im Val Fex

Autor und Verlag danken für die Unterstützung:

Gemeinde
Sils i.E./Segl

REGION MALOJA
REGIUN MALÖGIA
REGIONE MALOJA

Kulturförderung Graubünden. Amt für Kultur
Promoziun da la cultura dal Grischun. Uffizi da cultura
Promozione della cultura dei Grigioni. Ufficio della cultura
SWISSLOS

Willi Muntwyler-Stiftung St. Moritz

Der Zytglogge Verlag wird vom Bundesamt für Kultur mit einem Strukturbeitrag für die Jahre 2021–2024 unterstützt.

MIX
Papier aus verantwortungsvollen Quellen
FSC® C083411
FSC www.fsc.org

Lektorat: Thomas Gierl
Umschlaggestaltung: Hug & Eberlein, Leipzig
Layout/Satz: 3w+p, Rimpar
Druck: CPI books GmbH, Leck

ISBN: 978-3-7296-5099-2

www.zytglogge.ch

Andrea Gutgsell

Tod im Val Fex

Ein Engadin-Krimi

Roman

ZYTGLOGGE

Inhalt

Odast ils mulins?
Odast ils mulins chi guottan?
Odast l'ova chi scula tres il crivel da glatsch,
chi stira cun se crapella
e sfuondra in buochas aviertas?
Taidla bain:
'la segua sieu fil, 'la cheva in rinchs –
rinchs chi moulan chafuol e chi moulan arduond.
Ün let traunter vardets per üna laungia muotta.
Ma di, odast ils mulins?
Odast ils mulins chi guottan?
Odast ils mulins chi sgrizchan?
Odast cu cha üsan ed üsan?
Odast l'infinit?
Jessica Zuan

Alp Muot Selvas

«Huara Saich!» Alessandro Gubler fluchte.

Weshalb verstand der blöde Border Collie seine Befehle nicht? Und warum war er hier zuhinterst im Fextal mit vierhundertfünfzig Schafen in dieser verfluchten Hitze eines Jahrhundertsommers?

Er hatte keine Ahnung von Schafen.

Er war Polizist.

Nein.

Kommissar!

Klar, er war seinem Freund Lurench Palmin dankbar, dass er ihn in diesem Zwischentief, wie Gubler die momentane Situation nannte, nicht hängen liess. Und er wusste es auch zu schätzen, dass er ihm zu diesem Sommerjob verholfen hatte.

Aber das änderte nichts an der Tatsache, dass er verärgert war über die ungerechte Freistellung, und dies, seiner Meinung nach, wegen einer Lappalie.

«Heuchlerbande!»

«Eine Hand wäscht die andere, und alles wird unter den Teppich gekehrt. Hauptsache, sie haben einen, den man an den Pranger stellen kann.»

Er beförderte den Grashalm, den er im Mundwinkel stecken hatte, zu den Stockzähnen.

«Wahrhaftigkeit und Politik wohnen selten unter einem Dach.»

Verächtlich spuckte er den zerkauten Grashalm aus, nahm die Hundepfeife in den Mund und versuchte, den Hund links an der Schafherde vorbei an die Spitze zu leiten. Ohne Erfolg.

Mit wilden Armbewegungen schrie er Sky Kommandos zu.

«Orca la micha, tü pluffer chaun! Cuorra suravi!»[1]

Sky konnte mit seinen Turnübungen nichts anfangen. Er legte sich hin und wartete auf neue, entzifferbare Kommandos. Skys Untätigkeit ergab urplötzlich eine neue Ausgangslage. Die Herde blieb abrupt stehen, und es schien, dass auch die Schafe auf die nächste Tanzeinlage von Gubler warteten.

Er warf den Hirtenstock auf den Boden. Er verstand diese Schafe nicht.

« Cha'l diavel porta ! Che bes-chas plufras !»[2]

Er kramte seinen Feldstecher aus dem Rucksack.

Nach kurzem Rundumblick sah er die Misere : Der Zaun unter dem Gletscher lag auf einer Länge von geschätzten achtzig Metern am Boden.

« Huara Saich !»

Gubler tauschte den Feldstecher mit dem Distanzmesser, schaute mit einem Auge durch die Linse und drückte den Messknopf.

« Tausendfünfhunderteinundzwanzig Meter !» Er nahm einen Stein und warf ihn mit voller Kraft von sich. « Verdammte Scheisse !»

Gubler griff nach dem Notizbuch *Leuchtturm.*

Alles rund um das Schaf. Ratgeber für Anfänger. Seite zwölf: Kommandos für Sky.

Nach kurzem Blättern legte Gubler den *Leuchtturm* beiseite.

Er versuchte am Stand der Sonne die Uhrzeit zu schätzen. « Senkrecht über dem Fexer Gletscher, es muss Mittag sein », murmelte er. Zur Sicherheit schaute er auf sein Handy. Elf Uhr dreissig und zehn Prozent Batterieleistung. Er sollte sich endlich ein neues Handy kaufen. Gubler schaltete das Gerät aus, denn eine Steckdose war weit und breit nicht zu erwarten. Er überlegte, ob er sofort losgehen wollte, entschied sich dann aber, zuerst etwas zu essen. Der Inhalt seines Lunchpaketes war exakt der gleiche wie gestern, vorgestern, vorvorgestern und in den letzten neun Wochen: Tiroler Speck, Kaminwurzen, Schüttelbrot, Käse und zum Dessert Grassins. Den Durst konnte er mit dem Quellwasser aus der Fedacla löschen. Er entschied sich aber für das Bier aus der Dose. Alkoholfrei.

«Merda!»

Er nahm einen Schluck. «Alkoholfrei!» Wie zum Geier konnte es so weit kommen?

Fünfundfünfzigjähriger, lediger, freigestellter Kommissar ohne Hobbys sucht eine nette Dame mit gleichen Interessen.

So lautete seine Werbebotschaft auf dem Verkupplerportal Insieme felice! – das Interesse an seiner Person hielt sich in Grenzen. Anders ausgedrückt: bescheiden. Eigentlich null.

«Merda!»

Missmutig nahm er den *Leuchtturm* wieder zur Hand.

Auf Seite zwölf stand: Distanz ist die Mutter der Erkenntnis! Salüds, Lurench.

«Und Klugscheisser kommen in die Hölle», brummte Gubler. Er nahm den Feldstecher und prüfte die Position der Schafe.

Erstaunt stellte er fest, dass auf beiden Positionen Gleichstand herrschte: Sky wartete auf den nächsten Befehl, und die Schafe hatten sich wieder dem Fressen zugewandt.

Er setzte den Feldstecher ab und suchte im *Leuchtturm* nach den Kommandos, um den Border Collie fernzusteuern. Er schüttelte den Kopf. Hätte er die Strichmännchen nicht selbst gezeichnet, wüsste er beim besten Willen nicht, was er tun musste, um Sky zu sich zu rufen. Falls dieser denn überhaupt auf ihn hörte.

Nach seiner Freistellung bei der Sonderkommission der Stadtpolizei Zürich war sein Leben aus den Schienen geraten. Da kam der Vorschlag seines Freundes Lurench, ihm bei der Übernahme des elterlichen Bauernhofes zu helfen, wie ein

Geschenk vor, und so ergab das eine das andere. Dank gütiger Hilfe von Lurench meinte der Alpmeister von Sils, Pierino Dusch, dass nichts dagegensprechen würde, Alessandro Gubler als neuen Schafhirten für diesen Sommer anzustellen.

Da sass er nun. Gubler, der Vollblutkommissar und Schafhirte ad interim, versuchte mit einem Hund zu kommunizieren. Er nahm die Hundepfeife und pfiff wie im *Leuchtturm* beschrieben: zweimal kurz, einmal lang.

Sky sprang auf und führte die Schafe wie von Geisterhand geleitet talauswärts.

Gubler staunte. «Guter Hund. Geht doch!»

Die Ellbogen auf einem Stein abgestützt, suchte Gubler mit dem Feldstecher die Gegend nach Schafen ab. Er sah keine mehr. Gut. Er verstaute alles in seinen Rucksack und machte einen Kontrollgang um das Nachtlager der Tiere.

Das Gehege war nötig, da sich Hinweise über den Aufenthalt eines Wolfes häuften. Das Raubtier war für die Schafe ein Problem. Erstens sind Schafe essbar, und zweitens fehlt den Tieren der weggezüchtete Fluchtinstinkt. Eine ziemlich reizvolle Kombination für ein Raubtier.

Gubler hatte am Plantahof in Landquart den Intensivkurs Schafhüten besucht. Das Thema Wolf wurde dabei ausführlich behandelt. Wenn Schafe etwas gar nicht mochten, dann beissende Border Collies und den Wolf. Nebst Herdenschutzhunden, die mit den Schafen gemeinsam aufwuchsen und sich selbst für ein Schaf hielten, waren Guanakos, eine südamerikanische Kleinkamelart, eine mögliche Alternative, den Räuber von der Herde fernzuhalten. Der Unterschied zwischen den Herdehunden und den Guanakos bestand vor allem darin, dass die Hunde in erster Linie Lärm durch Bellen machten, die Guanakos hingegen einen Herdeninstinkt entwickelten und die Schafe adoptierten.

«Wenn sich ein Wolf einer Schafherde nähert und somit logischerweise auch den Guanakos, bekommt er zuerst eine Ladung Spucke zwischen die Augen. Sollte dies nicht reichen, wird der Jäger mit Hilfe der Hinterläufe ziemlich übel kurz und klein getreten, was zur Folge hat, dass die wilden Biester wahrscheinlich nicht mehr kommen», hatte Astrid, die Kursleiterin, erklärt. «Im Weiteren aber gilt: Der beste Schutz für eine Schafherde ist die Hirtin oder der Hirte und dass die Herde über Nacht in ein Gehege gesperrt wird.»

Da Astrid selbst schon mehrere Sommer als Schafhirtin tätig war, glaubte Gubler ihr jedes Wort. Im zweiten Teil der Ausbildung am Plantahof war der Alltag der Hirtin oder des Hirten thematisiert worden. Dieser Block war um einiges langatmiger gewesen, aber Astrid hatte es verstanden, die Kursteilnehmer bei der Stange zu halten.

Was also tat ein Hirte den ganzen Tag: Um fünf Uhr morgens werden die Schafe aus dem Nachtlager entlassen. Die Herde wird an eine vorbestimmte Stelle getrieben, wo sie den ganzen Tag frisst. Am Nachmittag werden schwache oder kranke Tiere behandelt und Zäune kontrolliert.

Gubler schaute nochmal durch den Feldstecher und war mit seinem Tag ganz zufrieden.

Er nahm sein Handy aus der Hosentasche. Neunzehn Uhr. Und drei WhatsApp-Nachrichten. Er schaltete das Handy aus.

Sky stupste mit seiner feuchten Nase gegen seine Hand. Er tätschelte dem Hund verlegen den Kopf. Er hatte keine Ahnung von Hunden.

Es war Mitte August und immer noch heiss. Gubler war jetzt bereits seit zwei Monaten in diesem Seitental von Sils. Ohne einen freien Tag. Kein einziges Wochenende zum Ausruhen.

Erstaunt stellte er fest, wie klein seine Wünsche geworden waren: nach einem langen Tag aus seinen Bergschuhen zu kommen, die Füsse im kalten Wasser der Fedacla zu baden und den Tag mit Hanna beim gemeinsamen Nachtessen ausklingen zu lassen.

Hanna.

Seit Tagen spürte Gubler dieses Kribbeln im Bauch. Er hatte zuerst an eine Sommergrippe gedacht, die im Anzug sei, bis er sich selbst beim Summen erwischte.

Nimm mich i arm und drück mich fescht a dich und la mi nümma los.

Es war die erste Strophe des Liebesliedes *Ewigi Liebi.*

Ihre achtundvierzig Jahre sah man Hanna nicht an. Die tiefblauen Augen verrieten jedoch, dass sie schon des Öfteren nass geworden waren.

Auch nach zwei Monaten wusste Gubler nicht viel von ihr.

Das *Neugierzentrum* in Gublers Kopf meldete sich in letzter Zeit unaufhörlich. «Frag sie aus!», nervte die Stimme.

Gubler kannte seine Stärken.

Die bohrenden Fragen, die er den Verdächtigen während der Einvernahmen stellte. Nicht lockerlassen. Zuhören und die nächste Fangfrage stellen. Das Gegenüber in die Ecke drängen, bis er die Antworten hatte.

Doch bei Hanna versagten seine Stärken vollkommen.

Gubler hatte nicht den Mut, die Frage «Wie hast du die letzten Jahre verbracht?» zu stellen.

War es die Angst, dass Hanna auch Fragen stellen könnte?

Er staunte über sich selbst. Er, der doch immer die richtigen, vernichtenden Antworten bereit hatte für den Fragenden, falls es zu persönlich wurde.

Doch bei Hanna war alles anders. Er musste sich eingestehen, dass sie seinen persönlichen engeren Kreis betreten hatte. Den Kreis, in dem noch nicht viele «Hannas» gewesen waren. Er überlegte, ob es überhaupt eine Frau gab, die jemals seinen innersten Kreis betreten hatte?

Er schaute Sky an, der den Augenkontakt sofort erwiderte und mit dem Schwanz wedelte.

«Heute frage ich Hanna, ob sie glücklich ist. Heute rede ich nicht um den heissen Brei herum. Heute Abend wird das Eisen geschmiedet, falls es heiss ist!»

Sky machte einen Luftsprung und bellte. Sie waren bei der Alp angekommen.

«Danke für die Unterstützung!»

«Das Nachtessen ist bereit.»

Hanna lehnte entspannt mit verschränkten Armen am Türpfosten.

«Wie lange stehst du schon dort?» Gubler merkte, wie ihm das Blut in den Kopf schoss.

«Lange genug.» Sie löste sich vom Türpfosten, rief Sky zu sich und ging. Auf der Türschwelle drehte sie sich nochmals um. «Über das Glücklichsein und das heisse Eisen reden wir nach dem Essen.»

Gubler stand mit hochrotem Kopf vor der Alp. Zum letzten Mal hatte er dieses Gefühl vor etwa vierzig Jahren verspürt. In der sechsten Klasse. Damals, als er Annina fragte, ob sie ihm die Rösas[3] für den Chalandamarz[4] machen würde. Und ob sie mit ihm zum Abschluss die Polonaise im Saal der Chesa cumünela tanzen würde. Es schien ihm, als höre er die erlösende Antwort von damals wie ein Liebeslied: «Schi gugent, mieu cher Alessandro.»[5]

Und jetzt sass er sprachlos in der Küche der Alp Muot Selvas vor einem herrlich duftenden Teller Tiroler Knödel, Schweinshaxen und Specksalat. Seit einer halben Stunde versuchte er die richtigen Worte zu finden, um mit Hanna irgendwie in ein Gespräch zu kommen. Viel mehr als das heisse

Wetter, das seit Tagen anhielt, oder das Lob für das gute Essen kam ihm nicht über die Lippen. Er sass stumm wie eine Bergforelle vor seinem sauber ausgeputzten Teller und hoffte, dass Hanna irgendetwas sagte. Als hätte sie seine Gedanken gelesen, stand sie auf.

«Bist du fertig?»

«Ja. Es war wunderbar. Danke.»

«Kaffee?»

«Gerne.»

«Corretto?»

«Heute ja», antwortete Gubler. Er war froh, dass die Stille, die während des Essens geherrscht hatte, vorbei war. «Kann ich dir etwas helfen?», fragte er.

«Passt schon.»

Dranbleiben, dachte Gubler. «Hattest du viele Gäste heute?»

«Ja, es war gut.»

Hanna setzte den Kaffee auf. «Viele mit ihren E-Bikes. Es ist verrückt, was sich alles auf diesen Motorvelos bewegt. Sogar der Gemeindepräsident ist heute auf so einem Gefährt mit einem Techniker vorbeigekommen.»

«Der Gemeindepräsident? In Velohosen?»

«Nein. Er war in geschäftlicher Mission hier. Sie klären ab, ob es eine Möglichkeit gibt, eine Ladestation für die leeren Batterien der Elektrobikes zu installieren.»

«Gschpunna.» Mehr kam Gubler nicht in den Sinn. Er hatte diesen Sommer mehrmals über diesen neuen Trend gestaunt. Es gab Tage, da zählte er durch seinen Feldstecher über fünfzig E-Biker. Männer mit einem Hundekörbchen am Lenker, andere mit einigen Kilos zu viel auf den Rippen oder Frauen aus südländischer Gegend, die in ihren modischen Daunen-Gilets locker an keuchenden Veloprofis vorbeipedalierten.

«Was meinst du, Hanna?», fragte er, um irgendwie im Gespräch zu bleiben. «Steuert bei diesen Elektrovelos das Angebot die Nachfrage oder die Nachfrage das Angebot?»

Hanna begann zu lachen: «Bei gewissen Sportskanonen bin ich mir sicher, dass das Angebot gewonnen hat.»

Die Bialetti-Espressokanne zischte mittlerweile auf dem Holzherd, und der Duft von frischem Kaffee erfüllte die Küche.

Gubler suchte verzweifelt nach einem interessanten Gesprächsthema. Irgendetwas Schlaues musste er fragen. Und zwar schnell. Auf keinen Fall wollte er den Dialog mit Hanna abbrechen lassen.

«Ach ja», sagte Hanna, während sie ihm den Kaffee in die Tasse goss. «Fast hätte ich es vergessen. Ich soll dich von Marco Pol herzlich grüssen und du sollest endlich einmal auf seine WhatsApp antworten. Er habe wichtige Informationen für dich.»

«Marco Pol? Bist du sicher?»

«Ja.»

Hanna holte eine Visitenkarte. «Marco Pol. Pressesprecher Stadtpolizei Zürich», las sie ihm vor.

Gubler nahm die Karte und las die Notiz auf der Rückseite: *Chau Alessandro. Eau d'he noviteds per te. Salüds, Marco.*[6] «Das ist bestimmt das ungemütlichste Gesprächsthema», murmelte er.

Hanna, die Gublers Stimmungswandel bemerkt hatte, kam mit einer Flasche Wein an den Tisch, zog mit einem schwungvollen «Plupp» den Korken aus der Flasche, füllte beide Gläser und setzte sich an den Tisch. Sie nahm ihr Glas und schwenkte es zweimal. Fasziniert schaute sie der Flüssigkeit zu, die zunächst kurz wie von Geisterhand an der Glasinnenwand nach oben kroch, um anschliessend langsam wieder nach unten zu laufen und sich dabei zu Tränen zu formen.

Während der Wein dem Marangoni-Effekt folgte, sah sie Gubler an. «Der Kummer, der nicht spricht, nagt leise an dem Herzen, bis es bricht.»

Gubler musste lachen. Er nahm das Glas, prostete ihr zu und antwortete: «Kummer verdaut man am besten, wenn man ihn in Wein auflöst.»

Sie stand auf, holte eine Kerze aus dem Küchenschrank, zündete sie an und wandte sich ihm zu: «Kommissar Gubler, jetzt ist Zeit zum Reden!»

Er holte Luft. Er wollte antworten, doch etwas warnte ihn: Sei jetzt einfach still! Er lehnte sich zurück und schaute Hanna lange an. «Das wird eine lange Nacht!», sagte er schliesslich.

«Hoffentlich.» Hanna lehnte sich ebenfalls zurück.

Die Kerze auf dem Tisch war bis auf das letzte Drittel heruntergebrannt. Es war kurz nach Mitternacht. Er griff nach der Weinflasche und füllte die Gläser auf. «Das war alles, Hanna.»

Sie lachte. «Eine dritte würde ich auch nicht vertragen.»

Er nahm einen Schluck. Der Wein schmeckte ihm nicht mehr. Er stellte das Glas ab. «Ich meinte nicht den Wein. Das war alles über mein Leben.» Er stand auf, sah ihr in die Augen und verliess die Hütte. «Fast alles», flüsterte er, als er sich sicher war, dass sie ihn nicht mehr hören konnte.

Sky kroch unter dem Tisch hervor und lief ihm nach. Es war das erste Mal, dass Sky ihm folgte, ohne ein Kommando zu bekommen.

Der Vollmond stand gerade hinter Gewitterwolken über dem Piz Led. Es war für Ende August immer noch sehr warm. Gubler marschierte Richtung Schafgehege.

Als die Schafe Sky bemerkten, der sich in der typischen Hütehaltung näherte, wurden sie sofort unruhig. Gubler pfiff

Sky zurück. «Lass sie in Ruhe!» Er fühlte eine wohltuende Leere in sich. Er wischte sich eine Träne von der Wange und nahm den Kopf von Sky in seine Hände. «Das bleibt unser Geheimnis. Klar? Hanna ist wahrscheinlich der einzige Mensch und du bist der einzige Hund, der alles über mein Leben weiss.»

Er begann zu frösteln. Er nahm sein Handy aus der Hosentasche, schaltete es ein und wählte die Nummer von Marco Pol. *Eau m'annunzch tar te. Buna not, Marco.*[7] Er drückte auf Senden.

«Komm, Sky. Zeit zum Schlafen.»

Als er die Küche betrat, stellte er enttäuscht fest, dass Hanna bereits zu Bett gegangen war. Die Kerze auf dem Tisch brannte noch. Er wollte sie ausblasen, als er daneben das weisse Blatt Papier liegen sah.

Gubler, du hast gefragt, was Glück ist? Genau weiss ich das auch nicht. Aber Vergleiche anzustellen ist ein gutes Mittel, sich das Glück zu vermiesen. Ich glaube, die höchste Form des Glücks ist ein Leben mit einem gewissen Grad an Verrücktheit.

Er musste schmunzeln. Diese Frau faszinierte ihn. Eigentlich hätte er grosse Lust gehabt, mit Hanna über ihre Worte zu philosophieren, doch er war zu müde für klare Gedanken. Er strich liebevoll über das Blatt, faltete es und steckte es in seine Hosentasche.

Er blies die Flamme aus, knipste eine Taschenlampe an und machte sich auf den Weg zu seinem Schlafzimmer, das sich auf der hinteren Seite der Alp befand.

Als er aus der Küche ging, sah er den gelben Post-it-Zettel, der am Türbalken klebte.

Ich warte auf dich, wenn du magst. Hanna.

Es war kurz nach sechs Uhr morgens. Seine Hand rutschte vorsichtig nach rechts. Kein Traum: Hanna lag neben ihm.

Er spürte ihren Atem. Gubler kroch aus dem Bett und zog die kalten Kleider an. Kurz bevor er das Zimmer verliess, warf er einen Blick zurück. Hanna hatte sich umgedreht. Er betrachtete ihre blosse Schulter. Mit einem Lächeln auf dem Gesicht ging er zum Schafgehege. Er fühlte sich unglaublich stark.

Hanna lag wach im Bett, als Gubler aus dem Bett kroch, stellte sich aber schlafend. Sie wollte diesen Moment einfach für sich geniessen. Als er die Kammer verlassen hatte, drehte sie sich um, presste ihre Nase in das Kopfkissen. Sie sog Gublers Geruch ein. Sie hielt die Luft an und liess die letzte Nacht Revue passieren. Mit einem lauten Jauchzer sprang sie aus dem Bett, rannte in die Küche und sah ihm nach, wie er sich bei strömendem Regen mit der Herde in Richtung Vadret da Fex aufmachte. Sie stand noch eine ganze Weile an der offenen Tür und merkte erst, als sie zu frösteln begann, dass sie splitternackt war.

Sie tänzelte pfeifend durch die Küche in die Dusche und liess das warme Wasser länger als sonst über ihren Körper laufen. Sie genoss jeden Tropfen. Sie musste lachen, stellte das Wasser ab und ging ins Zimmer, um sich anzuziehen.

Der Wetterdienst hatte auf den Nachmittag Sonne gemeldet. Sie hoffte auf viele Gäste, damit der Tag so schnell wie möglich vorbeiginge.

Tschanglas

Der Regen war bitter nötig. Niemand in der Region konnte sich an solch eine lange Trockenperiode erinnern. Das starke Gewitter vom ersten August war der letzte Niederschlag seit Wochen gewesen, und für den Nachmittag wurde bereits wieder sonniges Wetter angesagt.

Gubler lief mit Sky an seiner Seite an der Fedacla entlang. Der Boden vermochte das niederprasselnde Wasser kaum zu schlucken. Der Fluss hatte mittlerweile eine beachtliche Höhe angenommen. Gubler war fasziniert von der Gewalt, die dieser Fluss entwickeln konnte.

Der Fexbach, wie er auch genannt wurde, entstand durch mehrere Quellbäche, die an den Gletschern Vadret da Fex, Vadret dal Güx und dem Vadret dal Tremoggia entsprangen. Anschliessend floss die Fedacla gemächlich Richtung Fex Platta. Über den Wasserfall stürzte sie dann Richtung Untere Schlucht. Dort sorgten eine Staumauer und ein Überlaufstollen dafür, dass überschüssiges Hochwasser in den Silsersee geleitet wurde. Im Dorf wurde die Fedacla kanalisiert.

Während Gubler über diese technische Lösung nachdachte, krachte das Wasser an ihm vorbei. Mittlerweile hatte es sich in eine braune, schäumende Sosse verwandelt.

Gubler suchte nach seinem Telefon. Er wollte die aktuelle Lage dem Feuerwehrkommandanten von Sils, Andreja Walli, schildern. Doch von seinem Telefon fehlte jede Spur. Wahrscheinlich hatte er es in Hannas Zimmer vergessen.

Einen kurzen Moment dachte er nach, ob er zurück zur Alp gehen sollte, um das Handy zu holen. Der Gedanke an Hanna liess sein Herz schneller schlagen.

« Gubler. Nimm dich zusammen ! »

Vor Kurzem noch war sein Leben fast am Ende gewesen. Und jetzt sorgte eine Frau, die so lebendig war, dass sie Funken sprühte, für ein hormonelles Feuerwerk in ihm. Was da wohl noch alles auf ihn zukommen sollte? Er strich Sky über das nasse Fell. «Man kann nicht zur selben Zeit vernünftig und verliebt sein.»

Er nahm den Feldstecher und suchte die Gegend ab.

Unterhalb des Gebirgswanderwegs sah er, dass aus dem Kamin der Jagdhütte von Men Parli Rauch aufstieg. Er überlegte. Spontan packte er seine Sachen zusammen. Er warf seinen Plan, den defekten Zaun zu reparieren, über den Haufen. Es lohnte sich nicht. Dieser würde ohnehin in den nächsten Tagen abgebaut.

«Komm, Sky, wir gehen zu Parli. Der hat sicher ein warmes Mittagessen für uns.»

Der Aufstieg zu Parlis Hütte in das Gebiet Tschanglas war nicht allzu lang, aber steil. Gubler entschloss sich deshalb, zuerst noch ein Stück taleinwärts zu laufen, um an Höhe zu gewinnen.

Parli und Gubler waren sich seit ihrer ersten Begegnung sympathisch. Parli war das, was man einen Handwerker-Tausendsassa nannte. Alles, was er in die Hand nahm, wurde nach seinem Umbau ein richtiges Bijou. Aus der alten Schmiede wurde eine Insiderbar, die Fuschina. Ein altes Einfamilienhaus ausserhalb der Kernzone von Sils hatte er zu seinem Heim umgebaut, inklusive Weinkeller und Outdoor-Badewanne. Doch mit seinem letzten Umbau hatte Parli sein Meisterstück vollbracht: Aus einem stillgelegten Wasserreservoir war seine Jagdhütte entstanden.

Gebaut wurden diese Steinreservoirs, im Fachjargon «Wasserstuben» genannt, um das Quellwasser zu fassen. Sobald das Wasser die gewünschte Höhe erreicht hatte, floss es über ein stehendes Abflussrohr in die damit verbundene Wasserleitung. Dieses System wurde bei jeder Quelle wiederholt. Die miteinander verbundenen Leitungen führten das Wasser anschliessend talabwärts in ein zweites Reservoir, den Druckbrecher. Vom ersten Druckbrecher floss das Wasser wieder durch eine weitere Leitung in den nächsten. Dieses Verfahren wurde so oft fortgesetzt, bis der gewünschte Druck erreicht war, um das Quellwasser in die Haushalte weiterzuleiten.

Parli war zu dieser Zeit oft auf der Hütte. Der Grund war, dass schon bald die Bündner Hochjagd begann. Die Spannung stieg bei den Jägern in dieser Zeit bis zur Unerträglichkeit. Die Einheimischen sprachen auch von der fünften Jahreszeit. Josefina, die Verlobte von Men, sorgte in dieser Zeit jeweils dafür, dass Parli seine Nervosität alleine ausleben konnte.

Josefina. Gubler musste schmunzeln. Er dachte an die letzte Unterhaltung mit Parli.

«Weisst du, Gubler, wenn dir die richtige Frau über den Weg läuft, ist es geschehen um dich. Die Frau ist ein kompliziertes Wesen. Aber sobald man sie liebt, ist sie ein Wunder.»

«Das bezweifle ich», hatte er geantwortet.

«Ich bin sicher: Irgendwo wartet die richtige auf dich!» Men hatte zur Alp Muot Selvas geschaut.

«Sollte dies eines Tages geschehen, bist du der Erste, der davon erfahren wird», hatte Gubler versprochen.

Bald hatten Gubler und Sky den Höhenweg erreicht. Die Sonne schien mit voller Kraft zwischen den abziehenden Regenwolken hindurch. Der Regen hatte es nicht geschafft, die drückende Luft aufzufrischen. Gubler spürte, wie der Schweiss an seinem Rücken hinunterfloss. Während er den Rucksack ablegte und sich den Regenschutz auszog, schaute er einer Wolke nach. Mal sah sie aus wie ein Wolf, dann wieder wie ein Schaf. Er genoss dieses Schauspiel, bis sich die Wolke auflöste.

Parlis Jagdhütte lag jetzt etwa hundert Meter schräg unter ihm. Er pfiff Sky herbei, der oberhalb der Schafe aufpasste, dass sie nicht weiter hinaufstiegen. Sky verstand sofort und trieb die Schafe langsam Richtung Höhenweg.

Der leichte Nordwind vermischte sich mit dem Geruch von frisch gegrilltem Fleisch. Er beschleunigte den Schritt. Als er an der Hütte angekommen war, lagen tatsächlich sechs Costine auf dem Grill, und daneben köchelte das Risotto in einer grossen Pfanne. Von Parli fehlte jede Spur.

«Weit kann er ja nicht sein.» Er griff nach der gewaltigen Holzkelle und rührte das Risotto. Dann nahm er einen Löffel und probierte. «Fantastisch.»

Er ging zum Fernrohr, das auf einem Spaltstock stand und auf den Gegenhang gerichtet war. Ohne es zu berühren, schaute er hindurch. Er sah die Holzhütte von Hitta, die offenstand.

Hitta war der Übername des pensionierten Sanitärinstallateurs aus Sils. Seinen richtigen Namen kannte Gubler nicht. Seine Hütte war ursprünglich ein Unterstand für Schafhirten gewesen, den er mit seinem Sohn ebenfalls zu einer Jagdhütte ausgebaut hatte.

Er dachte gerne an den Besuch bei Hitta zurück, als er eine Gruppe Schafe, die sich verlaufen hatten, von der Muot Ota zurück auf die Alp Muot Selvas getrieben hatte. Hitta war, wie die Einheimischen sagten, «ün bunatsch e pü bod ün dals meglders skiunzs in Engiadina.»[8]

Während er noch seinen Gedanken an Hitta nachhing, tauchte Parli mit dem Handy am Ohr auf. Er sah Gubler und hob grüssend die Hand.

«Ja, wenn ich es dir sage. Neun Geissen.» Pause. «Nein, ich glaube drei mit Kitz, die anderen sind alle gut.» Pause.

«Ja, morgen fliegt die Heli Bernina unseren Jagdproviant zur Hütte hoch.» Parli stellte zwei Dosen Calanda Glatsch auf den Tisch. Gubler öffnete beide Dosen und gab eine Parli. «Viva», sagte Gubler. «Viva», erwiderte Parli. «Was? Nein, ich meinte nicht dich. Der Gubler ist da!» Pause. «Genau. Der isst jetzt deine Portion.» Pause. «Also bis morgen. Chau Sigulin.» Parli liess das Telefon sinken. «Alessandro. Das ist aber eine angenehme Überraschung.» Er nahm einen kräftigen Schluck aus der Dose. «Ahhh. Der erste Schluck ist immer der beste! Was führt dich hierher, Gubler?»

«Das Mittagessen.»

«Das trifft sich gut. Sigulin, diese Pfeife, hat sich kurzfristig abgemeldet. Die Arbeit, sagt er. Ich glaube, er ist einfach zu faul. Und dicker wird er auch jedes Jahr.»

«Sigulin? Kenne ich ihn?»

Parli öffnete eine Webseite auf seinem Handy und hielt es Gubler unter die Nase. Die aufwendige Seite zeigte einen solariumbraunen, strahlend lachenden Mittvierziger. Daneben die Werbebotschaft: *Die Uhr hat Versicherung geschlagen. Sigulin Broker, Badrutts Passage St. Moritz.* «Sehr erfolgreich in seinem Job. Hat es irgendwie geschafft, die ganze Suvretta High Society zu versichern. Villen, Autos, Lebensversicherungen, Krankenkasse für Hund und Katz und was weiss ich noch was alles.» Er stand auf. «Ich hole das Risotto. Nimm du die Costine vom Grill.»

Das Risotto war perfekt al dente, und die Costine waren gewürzt, als hätte der Fernsehkoch aus La Punt seine Hände im Spiel gehabt.

Während Parli in der Pfanne nach den letzten Körnern suchte, sah er Gubler an: «Heute bist du spät losgezogen.»

«Ja», schmunzelte Gubler.

«Und gestern hatte es ziemlich lange Licht in der Alp.»

«Richtig.»

«Wolltest du nicht den Zaun reparieren heute?»

«Doch.»

«Und?»

«Was und?»

«Herrgott, Gubler. Lass den Polizistenscheiss. Weshalb bist du hier?»

«Wegen des Mittagessens.»

«Hab ich dich eingeladen?»

«Nein. Aber zu viel gekocht.»

«Stimmt auch wieder.» Parli stand auf. «Hilf mir mit dem Abwaschen, Gubler.»

Schon bei ihrem ersten Treffen hatte Men sofort gemerkt, dass Gubler kein Mann der vielen Worte war. Nicht unhöflich oder gar verschlossen. Aber unnötige Worte verlor er nie. Parli wusste nur, dass Gubler in Samedan aufgewachsen war, nach seiner Lehre als Automechaniker die Polizeischule absolviert hatte und nach Zürich gezogen und dort in die Stadtpolizei eingetreten war.

In einem kleinen Nest wurden Informationen schnell und blumig weitergegeben. Und da alle zu wissen glaubten, warum Gubler als leitender Hauptkommissar freigestellt worden war, machten die verrücktesten Gerüchte die Runde. Als dann auch noch durchsickerte, dass Gubler diesen Sommer als neuer Schafhirte auf die Alp Muot Selvas ging, galt dies als letzter Beweis, dass es wirklich einen riesengrossen Fauxpas im Leben des Polizeikommissars gegeben haben musste. Anders konnte man sich das nicht erklären. Ein Stadtmensch. Keine Ahnung von Schafen. Die Natur in den letzten zwanzig Jahren wahrscheinlich nur auf Jahreskalendern gesehen. Da musste einfach etwas faul sein. Und wie!

Bei einer Grossrätin, die in der Kantonshauptstadt Chur das Oberengadin vertrat, waren sofort Nachforschungen in der Causa Gubler in Auftrag gegeben worden.

«Laufender Fall, und es gilt wie immer die Unschuldsvermutung», war die kurze Antwort gewesen.

Parli schenkte diesem Gelaber keine Beachtung. Für ihn war Gubler ein Gast der Fuschina, der keine Probleme in der Bar machte und seine Zeche immer bezahlte. Ganz im Gegensatz zu anderen Einheimischen.

Gubler und Parli genossen die letzten Sonnenstrahlen. Die kleinen Grappagläser standen leer vor ihnen. Parli schob sie zu Gubler. Dieser griff nach der Flasche und schenkte nach.

Parli betrachtete das gefüllte Glas. «Dieser Grappa ist meiner Meinung nach der König aller Grappas. Er reift in gebrauchten Sassicaia-Weinfässern.» Er nahm einen Schluck. Gubler tat es ihm gleich, stellte das Glas ab und begann zu reden.

Eine Stunde später erhob sich Gubler von der gepolsterten Holzbank. Er dehnte seine Glieder und drehte sich zu Parli um. Seine blauen Augen blitzten wie Kristalle, als er auf Parli zukam. Er streckte ihm die Hand entgegen.

«Mehr gibt es nicht zu sagen. Ich wäre dankbar, wenn diese Unterhaltung unter uns bleiben würde. Vor allem das mit Hanna. Denn das ist noch ziemlich frisch.»

Parli suchte nach Worten. Noch nie hatte ihm jemand so ehrlich sein Leben offenbart. Er musste sich eingestehen, dass er irritiert war. «Sorry, Gubler. Ich bin gerade ein bisschen baff.» Er kippte den letzten Schluck Grappa aus dem Glas. «Danke für dein Vertrauen.»

Gubler nickte fast unmerklich, schulterte seinen Rucksack, nahm den Hirtenstock und befahl Sky, die Schafe Richtung Alp zu treiben.

Parli hatte sich mittlerweile auch von der Bank erhoben. «Übrigens, Gubler. Hanna war nicht immer Hüttenwirtin. Sie hat noch einiges mehr auf dem Kasten.»

«Ach, noch mehr Überraschungen?»

«Sie hat Medizin studiert.»

«Ärztin?», fragte Gubler mit grossem Erstaunen. «Und welche Fachrichtung?»

«Psychiatrie», lachte Parli.

«Lass den Mist, Men!»

«Kein Mist. Während der Wintermonate arbeitet sie in St. Moritz im Heilbad.» Mit einem Augenzwinkern kam er auf Gubler zu. «Sie hat im letzten Sommer eine 3½-Zimmerwohnung gekauft.» Er klopfte ihm auf die Schulter. «Das wollte ich dir noch sagen. Vielleicht hilft es. Für die Zukunftsplanung.»

«Mal sehen. Komm, Sky, wir gehen nach Hause.»

«Mach das, Gubler. Und grüsse Hanna herzlich von mir.»

Gubler bedankte sich für das Mittagessen und verabschiedete sich von Parli. Er entschloss sich, den steilen Zickzackweg zu nehmen. Das Leitschaf folgte ihm. Sky war ganz hinten und wusste genau, was zu tun war. Auf diesem Abschnitt musste er Ruhe bewahren. Wenn die Schafe zu rennen begannen, war es um sie geschehen. Er ging diesen Weg erst zum zweiten Mal hinunter. Der starke Regen hatte den Pfad, der schon seit Jahrhunderten von seinen Vorgängern benutzt wurde, in eine Rutschbahn verwandelt. Das Profil seiner Bergschuhe war von Matsch verklebt, und er lief Gefahr auszurutschen. Er war sich auf einmal nicht mehr sicher, ob er die richtige Entscheidung getroffen hatte. Vielleicht wäre der Weg, den er am Vormittag genommen hatte, der bessere gewesen.

Um auf andere Gedanken zu kommen, dachte er an die letzten Worte von Parli. «Psychiaterin», sagte er vor sich hin.

Das Gebiet der Psychiatrie war ihm natürlich nicht fremd. Während seiner Ausbildung war die Psychologie ein Teil des Unterrichts gewesen. Beruflich bedingt hatte er immer wieder mit der Psychiatrie zu tun. Nach einem besonders grausamen Mord vor ein paar Jahren an der Langstrasse in Zürich brauchte er sogar für eine kurze Zeit die Unterstützung einer Psychiaterin. Der Unterschied war, dass er damals bei der Psychiaterin auf der Couch lag und dieses Mal in ihrem Bett. Er jauchzte ein lautes «Juhui» gegen den Himmel.

Sky jaulte zurück.

«Alles gut, Sky. Keine Hektik bitte.»

Er sah im Augenwinkel, wie sich Sky sofort hinsetzte und wartete, bis er einige Meter Abstand zu den letzten Schafen hatte. Gubler staunte über dieses wundervolle Tier. Die anfänglichen Schwierigkeiten waren vergessen, und jetzt, wo es endlich klappte, war die gemeinsame Zeit so gut wie vorüber.

Keine Angst, Alessandro. Du und Sky, ihr werdet euch automatisch verstehen. Das ist wie bei einer Mutter und ihrem Kind.

Wie recht Lurench doch hatte. Er fragte sich, ob es sich zwischen Hanna und ihm auch so verhielt. Er erinnerte sich zurück an die erste Begegnung. Natürlich hatte ihm gefallen, was er in den ersten Sekunden gesehen hatte: ihre blauen Augen. Das volle Haar. Das herzhafte Lachen und natürlich das gut ausgefüllte Dirndl. Aber da war noch etwas anderes, das ihn fesselte. Das Gefühl des Vertrauens. Dieses Gefühl hatte sich in ihm festgesetzt und war die ganze Zeit geblieben. Und auf dieses Gefühl wollte er nicht mehr verzichten.

Er hatte nicht bemerkt, dass sich die Schafe in der Zwischenzeit wieder verteilt hatten. Das Gelände war jetzt flacher. Er schaute auf die Uhr. Es war noch zu früh. Die Schafe konnten noch eine Stunde grasen.

Gubler setzte sich auf einen Stein und pfiff Sky zu sich. Während er das Fell des Border Collies kraulte, wanderte sein Blick über die Berggipfel von Furtschellas bis hinauf zum Tremoggia-Pass. Die Aussicht war einfach atemberaubend. Plötzlich wusste er, weshalb einstige Literaturgrössen dieses Hochtal liebten. Plötzlich hatte auch der Ausspruch *Hier will ich lange bleiben* des Philosophen Nietzsche für ihn eine Bedeutung. Er hatte dieses Zitat zum ersten Mal an einer Dorfführung von Rico Barnöv gehört. Dessen trockene Bemerkung «Nach elf Stunden Kutschenfahrt ab Chur würde ich auch länger bleiben» hatte damals bei den Teilnehmenden an der Dorfführung für schallendes Gelächter gesorgt. Doch jetzt, nach fast drei Monaten, bekam dieses Zitat eine ganz andere Bedeutung für Gubler.

Seine Zeit als Schafhirte ging unweigerlich dem Ende entgegen. Wie oft hatte er anfänglich seine Entscheidung verflucht, diesen Job anzunehmen. Und jetzt sass er auf einem Stein neben einem Hund und wollte nicht mehr zurück. Zurück in die grösste Romanisch sprechende Exilgemeinde der Schweiz. Zurück nach Zürich. Er musste sich die Frage in den nächsten Wochen beantworten. Was willst du in Zürich? Seine Dreizimmerwohnung an der Morgartenstrasse hatte er nicht gekündigt. Mia Hirsiger, eine Kollegin aus seinem Team, hatte sich spontan bereit erklärt, die Aufgabe als Hauswartin zu übernehmen. Einmal pro Woche lüftete sie die Wohnung, goss die Blumen und leitete ihm die Post nach Sils weiter. Anfänglich alles. Später nur noch die Rechnungen oder was aussah wie Rechnungen.

Fragen über Fragen schwirrten ihm durch den Kopf. Als wolle er all diese Fragen liegen lassen, stand er abrupt auf.

Jetzt war nicht der richtige Zeitpunkt, um sie zu beantworten. Jetzt war Feierabend.

Gubler trieb die Schafe ins Nachtlager. Wie immer machte er einen letzten Kontrollgang.

«Tuot in uorden. Vè, Sky, basta per hoz.»[9]

Feierabend

Gubler war froh, dass Hanna noch mit dem Bewirten der letzten Gäste beschäftigt war. Er grüsste freundlich, verschwand in der Küche, zog seinen Rucksack aus und legte ihn auf den Boden. Er ging in die Abstellkammer, um Trockenfutter für Sky zu holen. Während er das Futter in den Fressnapf füllte, betrat Hanna die Küche. Er staunte jedes Mal über die Menge an Geschirr, die auf ihren schlanken Armen Platz fand.

Sie stellte alles auf den Tisch, wischte sich die Hände an der Schürze ab, kam auf ihn zu und umarmte ihn.

«Schön, bist du wieder da.» Sie drückte ihm einen leidenschaftlichen Kuss auf den Mund. «Dein Handy liegt übrigens im Zimmer», sagte sie und verschwand, um die nächste Ladung Geschirr zu holen.

Er stellte den vollen Fressnapf auf den Boden, rief Sky zu sich und ging in sein Zimmer.

Frisch geduscht und rasiert, zog sich Gubler saubere Kleider an. Auf dem Bett vibrierte sein Handy. Gubler schaute auf das Display. Vier neue Nachrichten und ein verpasster Anruf von Pierino Dusch.

Die erste Nachricht war von Men Parli: *Guten Morgen, Gubler. Bin auf der Hütte. Habe gesehen, dass der Zaun unter dem Gletscher am Boden liegt. Salüds, Men.* Gubler löschte die Nachricht.

Er öffnete die zweite Nachricht. Sie kam von Lurench Palmin: *Ciao Alessandro. Bitte rufe mich zurück. A presto.*

Er wählte die Nummer von Lurench. Nach dem fünften Läuten kam die Combox. Er wartete die Ansage ab und sprach dann auf das Band:

«Chau Lurench. Bin erreichbar. Salüds, Alessandro.»

Der Absender der dritten Nachricht war Marco Pol: *Allegra Alessandro. Grazcha fich per tia resposta. Eau vuless gugent discuorrer cun te. Cu füss que düraunt üna buna tschaina a l'Hotel Sulagl? Eau m'allegr sün tia resposta positiva. Chers salüds, Marco.*[10]

Er musste schmunzeln. Schriftlich kommunizierte er mit Marco immer auf Romanisch. Egal ob per Mail oder wie eben via WhatsApp. Sobald sie aber miteinander redeten, schalteten beide auf Deutsch um.

Marco Pol stammte wie Gubler aus Samedan. Sie hatten sich nach der Schulzeit für eine kurze Zeit aus den Augen verloren, doch ihre Wege kreuzten sich wieder, als beide bei der Stadtpolizei Zürich die Arbeit aufnahmen. Marco wurde schon bald zum Pressesprecher befördert, und Gubler wurde in die Fahndung versetzt. Die Zusammenarbeit mit ihm war von Anfang an das, was man als perfekt bezeichnen konnte. Die Professionalität, die Marco auch in schwierigen Situationen an den Tag legte, beindruckte Gubler immer wieder. Auch privat waren sie viel gemeinsam unterwegs. Marco hatte immer noch enge Verbindungen ins Engadin.

Gubler hingegen?

Seit die Mutter demenzkrank im Pflegeheim Promulins lebte und ihn nicht mehr erkannte, fuhr er nur noch selten nach Samedan. Was blieb, waren die schmerzhaften Erinnerungen. An den Tod seines Vaters. An den tragischen Tag dieser Bergtour und an die immer bleibende Frage, ob er eine Mitschuld am Tod des Vaters trug. Der Stachel sass tief in seinem Körper seit diesem verhängnisvollen Tag.

Er verdrängte die Gedanken, tippte die Antwort an Marco, dass es ihm am nächsten Samstag passen würde, und drückte auf Senden.

Die vierte war eine Sprachnachricht von Pierino Dusch. Der Motorenlärm im Hintergrund von Pierinos Stimme machte es schwierig, alles zu verstehen.

«Chau Alessandro. Hier ist Pierino. Die Wettervorhersagen für die nächste Woche sehen schlecht aus. Ein gewaltiges Tief über Genua bringt uns ganz sicher viel Schnee. Wir holen die Schafe bereits übermorgen, Mittwoch, ab. Ich komme morgen auf die Alp, damit wir alles besprechen können. Chau, bis morgen.»

Er hörte Pierino noch etwas schreien. Eine Kuh hatte sich selbstständig gemacht. Gubler warf das Handy auf das Bett und verzog sich ins Badezimmer.

Als er mit dem Zähneputzen fertig war, sprühte er sich zwei Spritzer Denim Man auf den Hals, verteilte Gel in die Haare, zupfte einige Strähnen zurecht und holte sich vom Wandspiegel das Urteil ab. Er war zufrieden. Er betrachtete seine Fingernägel, suchte nach dem Nagelklipper und gab diesen ebenfalls den letzten Schliff. Der finale Kontrollblick in den Spiegel, der an der Innentür des Kleiderschranks hing, gefiel ihm. «Siehst gut aus, Gubler.» Er rief Sky zu sich. Gemeinsam traten sie ins Freie.

Die Terrasse hatte sich geleert. Die letzten Gäste schwangen sich gerade auf ihre E-Bikes und winkten ihm zum Abschied zu. Gubler winkte zurück.

Hanna war am Telefon. Sie machte ihm ein Zeichen, dass es noch ein wenig dauerte. Gubler begann, die Tische abzuräumen. Hanna kam in die Küche und verabschiedete sich am Telefon von ihrer Mutter. Sie pfiff durch die Zähne, als sie ihn erblickte. «Hast du heute noch ein Date?»

«Das hoffe ich doch», antwortete er und nahm sie in die Arme. «Und du?»

«Wer weiss», lachte sie und löste sich aus der Umarmung. «Das Essen wartet.»

Es war zweiundzwanzig Uhr, als sie das erste Donnergrollen hörten. Beide standen auf und schauten hinaus. Es war windstill. Beim nächsten Knall riss ein gewaltiger Blitz den Himmel auf. Hanna kannte diese Wettersituation bestens.

«Das wird ein heftiges Gewitter, Gubler.»

Der zweite Blitz schlug mit ungeheurer Kraft in den Vadret da Fex ein, gefolgt von einem ohrenbetäubenden Donner.

Gubler liebte Gewitter, doch dies schien ein wahres Unwetter zu werden. Kaum hatte er seinen Gedanken ausgesprochen, kam der Wind auf, und der Regen prasselte sintflutartig auf die Alp nieder.

Hanna trat näher an ihn heran.

«Meinst du, der Hagel kommt?», fragte er sie.

«Nein. Hagel gibt es keinen bei uns. Aber einen Sturm.»

Der Wind riss an den Fensterläden, und die Holzbänke vor der Alp flogen in hohem Bogen hinaus auf die Wiese. Das Blöken der Schafe war schwach zu hören. Er machte sich Sorgen um die Tiere. Aber tun konnte er jetzt nichts. Kurz darauf verzog sich der Sturm und hinterliess eine weisse, von Graupeln überzogene Landschaft.

Gubler warf sich einen Anorak über und rief Sky zu sich. Gemeinsam gingen sie hinunter zum Pferch. Dort angekommen sah er, dass alles in Ordnung war. Erleichtert ging er zurück zur Alp. Es war weit nach Mitternacht, als das gemeinsame Gespräch verebbte. Beide krochen müde ins Bett.

Aufbruchsvorbereitungen

Am nächsten Tag, nachdem er die Schafe aus dem Gehege entlassen hatte, sass er mit einer Tasse Kaffee auf der Terrasse vor der Alp und wartete auf Pierino.

«Guter Kaffee.»

«Badilatti», antwortete Hanna. «Der Kaffee ist von Badilatti, einer alten Kaffeefamilie aus Zuoz mit der höchstgelegenen Rösterei Europas. Verwandte der Zuozer Badilattis führen heute noch eine Rösterei in Rom. Viele Engadiner Auswanderer kehrten als wohlhabende Randulins ins Engadin zurück.»

Gubler hörte geduldig zu. Natürlich kannte er den Kaffee von Badilatti, und auch die Geschichte über die Randulins war ihm nicht fremd. Obligatorischer Schulstoff in der neunten Klasse. Aber er wollte Hanna nicht unterbrechen. Er hörte ihr einfach gerne zu. Egal, was sie erzählte.

«Randulins, so wurden die Engadiner genannt, die das Engadin wegen Arbeitsmangel verlassen mussten und nach vielen Jahren harter Arbeit und geschickter Geschäftstätigkeit als wohlhabende Geschäftsleute zurück in ihre Heimat kamen. Viele Prachthäuser zeugen heute noch von ihrem Reichtum. In Poschiavo zum Beispiel wurde eine ganze Häuserreihe von ihnen erbaut. Das Spanische Viertel. Und in Sils ist zum Beispiel das Hotel Margna ebenfalls von einem Randulin erbaut worden.»

Hanna war mitten in der Erzählung über die Zuckerbäcker, als Pierino Dusch mit seinem Quad vorfuhr. Grüssend gesellte er sich zu ihnen.

Hanna stand auf und brachte auch Pierino eine Tasse Kaffee. «Bleibst du auch zum Mittagessen, Pierino? Es gibt Pizzoccheri.»

Pierino schnalzte mit der Zunge. Hanna hatte verstanden.

Nachdem Pierino den letzten Schluck Kaffee getrunken hatte, machten sich die beiden auf den Weg, die Zäune abzubauen.

«Siehst gut aus, Gubler.»

«War auch eine gute Zeit hier oben. Irgendwie schade, dass sie bereits vorbei ist.»

«Ganz vorbei ist es ja noch nicht», meinte Pierino, und mit einem vielsagenden Lächeln fügte er hinzu: «Ein paar schaffreie Tage werden dir guttun.»

Schweigend begannen sie mit der Arbeit.

Kurz nach siebzehn Uhr verabschiedete sich Pierino von Gubler. Gemeinsam hatten sie nach dem Mittagessen den Zaun von der Alp bis hinauf zum Crap da Chüern abgebaut. Die nächsten Tage waren besprochen und alle Fragen geklärt.

Gubler blickte durch den Feldstecher. Erfreut stellte er fest, dass sich die Schafe nicht weit von der Alp entfernt hatten.

«Komm, Sky. Holen wir unsere Rasenmäher.»

Der Nordwind hatte die Luft empfindlich abgekühlt, und der Himmel strahlte in seinem schönsten Blau. Die Berggipfel schienen zum Greifen nahe. Für Gubler war es kaum vorstellbar, dass in wenigen Tagen alles unter einer tiefen Schneedecke verschwinden sollte.

«Morgen also, morgen gehen die Schafe ins Tal», sagte Hanna, während sie die letzten Teller abtrocknete und in ein Holzgestell versorgte.

«Ja. Morgen treibe ich sie bis nach Crasta. Dort übernehmen sie Pierino und Lurench. Ich komme zurück und baue den Rest des Zaunes ab. Für Donnerstag sei ein halber Meter Neuschnee zu erwarten, sagt Meteo Schweiz. Pierino bringt uns den Jeep, damit wir das Wichtigste nach Sils fahren können. Den Rest holen wir dann später.»

Hanna war fertig mit Abtrocknen. Sie setzte sich zu ihm.

«Unser letzter Abend auf der Alp.» Sie prostete ihm mit dem Wasserglas zu. «War ein guter Sommer.» Sie küsste ihn.

Vadret

Ein kalter Wind schob immer mehr Wolken über die Berggipfel. Der Wetterumschwung hatte sich auf dieser Höhe letzte Nacht bereits angemeldet. Eine dünne Schneeschicht überzog die ganze Landschaft. Gubler baute die letzten Meter Zaun ab. Er musste heute, bevor es zu schneien begann, unbedingt fertig werden. Er war seit sechs Uhr früh auf den Beinen. Es war ein seltsames Gefühl, ohne Sky unterwegs zu sein. Gestern, nach der Übergabe der Schafe an Lurench Palmin, hatte er sich von Sky verabschiedet. Es war nicht einfach. Gubler musste ihn drei Mal fortschicken, bis dieser endlich ging. Er blieb noch lange stehen und sah der Herde und seinem neu gewonnenen Freund nach, bis sie hinter der Acla Crasta verschwunden waren.

Er schüttelte die Gedanken ab.

Vorsichtig überquerte er die Gletscherzunge, als er plötzlich Spuren vor sich im Schnee sah. Es waren frische Tierspuren. Ihm fehlten die Kenntnisse eines Wildhüters, aber diese Abdrücke glaubte sogar er zu erkennen. Er nahm sein Notizbuch hervor und suchte das Foto, das ihnen am Plantahof ausgehändigt worden war. Er verglich die Spur im Schnee mit dem Foto.

Ein Adrenalinschub schoss ihm durch den Körper. Es war die eines Wolfes. Er hörte die Stimme von Astrid, der Kursleiterin vom Plantahof: «Der Wolf ist ein scheues Tier, das den Kontakt zu den Menschen meidet.»

«Beruhigend», dachte er.

Und trotzdem. Die Vorstellung, alleine auf einem Gletscher zu stehen und Besuch von einem Raubtier zu bekommen, machte Gubler gelinde gesagt nervös. Er suchte mit dem Feldstecher die Gegend ab.

Nichts.

Er folgte den Spuren, die noch etwa hundert Meter schnurgerade über den Gletscher führten und dann einen Neunzig-Grad-Knick nach links machten. Gubler nahm den Feldstecher von den Augen und liess seinen Blick über das Tal wandern. Er konnte keine Bewegungen ausmachen.

Er fixierte die Abdrücke und folgte ihnen weiter. Die Wolfsspuren führten noch etwa dreissig Meter den Gletscher entlang und kreisten dann um einen dunklen Fleck.

Er erstarrte.

« Heilige Scheisse ! »

Hastig verstaute er den Feldstecher im Rucksack und lief los.

Lag da ein Mensch ?

Er rannte fast. Der blaue Himmel hatte mittlerweile den Wolken weichen müssen. Nebelschwaden waren im Anzug. Es roch nach Schnee. Seine Lungen brannten wie Feuer. Er musste eine kurze Pause einlegen. Er nahm das Handy aus der Jackentasche. Achtzehn Uhr. Und nur noch fünf Prozent Batterieladung.

« Merda. »

Es fehlten noch etwa zweihundert Meter bis hinauf zu dem, was da lag. Gubler lief weiter.

Ausser Atem stand er vor dem dunklen Fleck.

Die Leiche lag leicht gekrümmt rücklings auf dem Gletscher. Im Schneefeld waren keine Blutspuren zu sehen. Der Tod des Unbekannten ging also nicht auf das Konto des Wolfes.

Er trat näher. Er hatte schon viele Leichen gesehen, doch hier stimmte etwas nicht.

Ihm schossen die Bilder von Ötzi durch den Kopf. Dieser Körper war bei weitem nicht so alt wie der Gletschermann. Doch gewisse Merkmale sagten ihm, dass er schon länger hier lag. Teile der Leiche waren mit dem Gletscher fest verbunden. Die zerrissene Kleidung deutete auf ein anderes Jahrhundert hin.

Der Mann war etwa einen Meter sechzig gross. Die rechte Schulter war ungewöhnlich verdreht und sah gebrochen, ja zerbrochen aus. Der Mund des Toten war leicht geöffnet. Es fehlten ihm einige Zähne. Der Kopf war mit Resten einer Wollmütze bedeckt. Haare waren nur wenige zu erkennen. Um seine Hüfte war eine Schnur gewickelt, die einmal die Hosen gehalten hatte. Um die Waden bis zu den Lederschuhen hingen noch eine Art Stulpen.

Gubler blieb keine Zeit. Das Wetter wurde mit jeder Minute schlechter, und er lief Gefahr, im dichten Nebel den Rückweg nicht mehr zu finden.

«Im Sturm verlierst du die Orientierung. Der Sturm ist es, der dich umbringt. Du erfrierst.» Schlagartig erinnerte er sich an die mahnenden Worte von Pierino.

Er nahm das Handy und fotografierte die Leiche von allen Seiten. Neben dem Mann lag ein Rucksack oder das, was davon übriggeblieben war. Als Gubler den Rucksack am Lederriemen in die Höhe heben wollte, fielen ihm drei Metallstücke vor die Füsse. Er hob sie auf. Gewehrverschlüsse. Er nahm die Verschlüsse und liess sie in seinem Rucksack verschwinden.

«Was zum Geier ist hier geschehen?», fragte er sich.

Sein Telefon vibrierte. Hanna. Er liess es vibrieren. Zu wenig Akku.

Er konnte gerade noch die letzten Fotos machen, dann wurde das Display schwarz.

Gubler öffnete den Anorak des Toten. Teile eines Flanellhemdes kamen zum Vorschein. Als er den Anorak wieder schliessen wollte, sah er ein Lederetui. Das Etui war ursprünglich wohl in einer Innentasche der Jacke verstaut gewesen.

Vorsichtig öffnete er es. Ein Briefumschlag befand sich darin. Gubler verstaute hastig alles in seinem Rucksack. Das Schneegestöber zwang ihn zum Aufbruch. Er hatte alles gemacht, was möglich war. Jetzt musste er so schnell wie möglich zurück zur Alp. Von dort aus konnte er die nächsten Schritte planen.

Der leichte Schneefall und die Nebelschwaden verschlechterten die Sicht von Minute zu Minute. Gubler folgte, so schnell er konnte, seinen eigenen Spuren, die er beim Hochlaufen hinterlassen hatte.

Erst als er wieder an der Fedacla entlanglief, machte er sich Vorwürfe, dass er den Anruf von Hanna nicht entgegengenommen hatte. Sicher machte sie sich Sorgen. Ihn überfiel das schlechte Gewissen.

Endlich erblickte er in der Ferne die Alp Muot Selvas.

Vor der Alp stand der Land Rover von Pierino. Hanna verstaute gerade einen Karton im Anhänger, als sie Gubler erblickte.

Er winkte.

Sie blieb stehen.

Er ging auf sie zu, nahm sie in die Arme. Sie begann zu weinen.

« Tut mir leid, Hanna. Kein Akku.»

« Kauf dir endlich ein neues!», antwortete sie gereizt.

« Versprochen.»

Nachdem er mit ihr wortlos die letzten Kartons auf den Anhänger geladen hatte, schlossen sie die Alp ab, setzten sich in den Land Rover und fuhren nach Sils.

Auf der Fahrt gelang es Gubler, die Wogen wieder zu glätten. Er vermied es, Hanna zu erzählen, weshalb der Abbau des Zaunes so viel Zeit in Anspruch genommen hatte. Er war froh, dass Hanna auf das Gespräch rund um die Wolfsspuren einging.

Seine wahre Entdeckung behielt er für sich. Noch.

Chur

Nach einer schlaflosen Nacht wartete Gubler um sieben Uhr in der Früh in Sils auf das Postauto. Während er in Gedanken seine nächsten Schritte zum hundertsten Mal durchging, betrachtete er die neugestaltete Bushaltestelle. Ein leises Lachen entfuhr ihm, als ihm der Leserbrief eines erbosten Bürgers in der *Engadiner Post* in den Sinn kam. Die neue Haltestelle war über Wochen das Streitthema im Dorf gewesen und hatte für rote Köpfe gesorgt. Nebst der zu hohen Ausstiegrampe sei die Dachhöhe der Haltestelle falsch berechnet worden, und die braune Farbe passe nicht zu den umliegenden Häusern. Ganz zu schweigen von der Beleuchtung, die viel zu hell sei.

Gubler schaute den Räumungsmaschinen zu, die den vierzig Zentimetern Neuschnee zu Leibe rückten, als seine Augen am gestanzten Muster der Blechverschalung, ebenfalls ein Kritikpunkt, innehielten. Er suchte nach der Bezeichnung des Musters. Die elektronische Zeittafel zeigte noch drei Minuten bis zum Eintreffen des Postautos. Er nahm sein wieder aufgeladenes Handy aus der Jacke und googelte *Engadiner Sgraffiti.* Er fand ein Bild, das dem Muster ähnelte. *Der laufende Hund.* Gubler tippte auf das Bild.

Als Laufender Hund wird ein Fries bezeichnet, der an sich überschlagende Wellen erinnert. Der wissenschaftliche Begriff für den Laufenden Hund ist Vitruvianische Veloute, benannt nach dem römischen Architekturtheoretiker Vitruv aus dem ersten Jahrhundert nach Christus, oder Figura serpentinata, was auf die schlangenartige Form verweist. Dieser Fries wird als Tapetenmuster, Bordüre oder bei Intarsien in klassizistischen Möbeln genutzt. Als äussere Hausverzierung wird der Laufende Hund selten verwendet.

Gubler sah sich das Muster noch einmal genauer an. Wellen konnte er sehen. Aber einen laufenden Hund?

Während er zwei Schritte auf den Platz zurücktrat, um das Muster aus der Ferne zu betrachten, fuhr das Postauto ein.

Es war leer.

Das «Bun di» des Chauffeurs Romeo Rogantini, der Name war auf seine Dienstjacke gestickt, holten Gubler wieder zurück in die Realität. Er grüsste zurück und kaufte eine Fahrkarte.

«Mit so viel Schnee hat wohl niemand gerechnet», entschuldigte sich der Chauffeur für die Verspätung.

«Eigentlich schon», meinte Gubler. «Meteo Schweiz hatte einen Meter vorausgesagt.»

«Meteo Schweiz?» Romeo Rogantini machte eine verächtliche Handbewegung. «Wo wollen Sie aussteigen? Ich halte nur in Silvaplana und am Bahnhof in St. Moritz. Das erste Postauto ist eine Direktlinie.»

«Bahnhof St. Moritz.»

«Anschluss nach Chur ist auf Gleis zwei, nach Scuol auf Gleis sechs», gab Rogantini Auskunft.

«Danke. Und um welche Zeit fährt er in St. Moritz ab?»

«Scuol oder Chur?»

«Chur.»

«Acht Uhr null zwei.» Rogantini fuhr los.

Gubler setzte sich in die erste Reihe und genoss die kurze Fahrt durch die frisch verschneite Landschaft.

Am Bahnhof in St. Moritz angekommen suchte Gubler den Billettschalter. Ein Schild aus Arvenholz an der verwaisten Theke bat die Fahrgäste, die Tickets am Selbstbedienungsautomaten zu lösen.

Wir bedienen Sie gerne ab 08:30 Uhr. Danke für Ihr Verständnis.

Er hatte kein Verständnis. Aber was blieb ihm anderes übrig.

Mit dem selbstgelösten Billett Zürich retour und einem Kaffee im Kartonbecher aus dem Migrolino Restaurant setzte er sich in die erste Klasse im vorderen Teil des Zuges. Er schaute aus dem Fenster. Der starke Schneefall hatte ein wenig nachgelassen. Früher nervten ihn diese blitzartigen Wetterumschwünge. Jetzt aber war er fasziniert. Innerhalb von wenigen Tagen konnte in dieser Bergwelt eine komplett neue Wettersituation entstehen. Seine Gedanken waren wieder bei der Gletscherleiche. War ein solcher früher Wintereinbruch schuld an dessen Tod? Er sah sich das Foto der verletzten Schulter auf seinem Handy an.

Das war keine normale Verletzung, so viel konnte er aus seiner langjährigen Erfahrung selber sehen. Er war so vertieft in seine Gedanken, dass er gar nicht bemerkt hatte, dass der Zug bereits durch das Val Bever fuhr und sie das Engadin schon bald hinter sich liessen.

Eine Frauenstimme holte Gubler zurück in das Jetzt.

«Wir durchfahren jetzt den im Jahr 1903 erbauten Albula-Tunnel. Er gehört wie die gesamte Strecke der Albulalinie zum UNESCO Weltkulturerbe. Im Jahr 2024 soll dieser Tunnel als Sicherheitsstollen dienen, und der Zug durchfährt dann den neuen Tunnel, der zur Zeit parallel zum alten gebaut wird.»

Die Durchsage wurde auch noch in englischer Sprache wiederholt.

Als der Zug am Nordportal in die Station Preda einfuhr, klingelte das Handy.

«Gubler.»

Auf der Gegenseite begrüsste ihn Hauptkommissar Enea Cavelti von der Kantonspolizei Graubünden in Chur. «Guten Morgen, Gubler. Wir kennen uns von einem früheren gemeinsamen Fall. Mögen Sie sich erinnern?»

Gubler stand auf der Leitung. «Helfen Sie mir, Cavelti.»

«Entführung Seidler. Urlaub in Davos.»

«Ah. Genau. Jetzt erinnere ich mich.»

«Ich habe ihre Mail-Nachricht mit den Fotos bekommen. Wo liegt die Leiche?»

«Auf dem Vadret da Fex. Jetzt wahrscheinlich wieder unter einem Meter Neuschnee.»

«Wir müssen Sie einvernehmen. Sie kennen das», entschuldigte sich Cavelti.

«Klar», antwortete Gubler.

«Können Sie um elf Uhr auf den Polizeiposten in Samedan kommen und sich bei Corporal Jenal melden?»

«Nein. Leider nicht möglich.»

«Nicht?», fragte Cavelti verdattert.

«Ich sitze im Zug. Komme nach Fahrplan um zehn Uhr in Chur an. Wenn Sie wollen, komme ich zu Ihnen.»

«Danke, Gubler», lachte Cavelti. «Das würde vieles vereinfachen. Bleiben Sie bitte kurz am Apparat», aus dem Handy ertönten Vivaldis Vier Jahreszeiten.

«Gubler, sind Sie noch dran?»

«Natürlich.»

«Wachtmeister Riedi wird Sie am Bahnhof abholen.»

«Bestens. Lassen Sie ihn im Streifenwagen vorfahren, damit ich ihn nicht suchen muss.»

«Mit Sirene und Blaulicht», feixte Cavelti.

Sie verabschiedeten sich voneinander, als der Zug in Bergün einfuhr. Die Bahnhofsuhr zeigte acht Uhr fünfzig. Gubler wählte die Nummer von Marco Pol. Nach dreimaligem Läuten kam der Anrufbeantworter. Gubler wollte auflegen, sprach dann aber doch auf das Band: «Chau Marco. Cò es

Alessandro. Eau sun in viedi vers Turich. Am poust tü telefoner inavous, per plaschair ? Grazcha.»[11]

Gubler war immer noch alleine im Abteil. Er öffnete seine Freitag-Tasche und nahm die drei Gewehrverschlüsse heraus. Sie waren stark verrostet, und er konnte nicht sagen, zu was für einem Gewehr solche Verschlüsse gehören sollten. Er legte sie zurück.

Diese Aufgabe würde er Cavelti übergeben. Ein Waffenschmied konnte ihm sicher helfen.

Er nahm das Lederetui aus dem Rucksack und öffnete den Brief. Die kurze Botschaft war in italienischer Sprache geschrieben. Alles konnte Gubler nicht verstehen. Seine Italienischkenntnisse reichten knapp für eine Begrüssung oder vielleicht noch für eine Pizzabestellung. Für seine tägliche Arbeit in Zürich (bis zu seiner Freistellung) genügte Schweizerdeutsch ohne Weiteres, auch wenn sich die Dialekte in den letzten Jahren zu verschiedenen Slangs weiterentwickelt hatten. Er legte den durchweichten Brief zurück in das Etui.

«Alle Billette vorweisen, bitte.»

Die Stimme des Zugführers riss ihn aus seinen Gedanken. Er schmunzelte, als er seine Fahrkarte hochhielt. «Gewisse Sachen ändern sich zum Glück nie.»

«Sie haben eine schöne Ahnung», erwiderte der Zugführer und kontrollierte das Billett. «Danke.» Er gab Gubler den Fahrschein zurück. «Das Billett in Papierform ist am Aussterben. Heutzutage strecken sie dir nur noch das Handy entgegen, damit es mit dem Lesegerät», er zeigte Gubler das Gerät, «erfasst werden kann. Und wehe, wenn es ein technisches Problem gibt. Dann ist die Diskussion eröffnet.»

Gubler hob die Schultern. «Der elektronische Wahnsinn ist nicht mehr aufzuhalten.»

«Ja, scheint so.» Der Zugführer hängte sich sein Prüfgerät um die Schulter und ging weiter. Nach wenigen Schritten hielt er an und drehte sich nochmals um: «Übrigens, auf der Plattform zwischen der ersten und der zweiten Klasse hat es eine Kaffeebar. Bütschellas hat es auch noch. Selbstbedienung. Alles gratis.» Er verschwand im nächsten Wagen.

Gubler stand auf und ging zur Plattform, während sich der Zug durch die enge Schinschlucht schlängelte. Sein Handy klingelte. *Marco Pol* leuchtete auf dem Display.

Er nahm ab. Mit wenigen Sätzen informierte er Marco, dass er im Zug sitze und ihn am Nachmittag nach seiner Ankunft in Zürich kontaktieren werde. Über die Ereignisse vom Vadret da Fex und dem bevorstehenden Termin bei der Kantonspolizei in Chur sagte er nichts. Er verabschiedete sich von Pol.

Da er das Telefon schon in der Hand hielt und es endlich auch einmal genug Akkuladung hatte, wählte er die Nummer von Hanna.

Sie sprachen miteinander, bis die Einfahrt des Zuges in den Hauptbahnhof Chur, die Endstation, angesagt wurde.

Er verabschiedete sich von Hanna erst, als er die Rolltreppe im Bahnhof hochfuhr und den parkierten Streifenwagen vor dem Café Maron erblickte.

Der Kantonspolizist, Gubler hatte den Namen vergessen, stand neben dem Polizeiwagen und unterhielt sich mit einem Taxifahrer.

Er ging auf den Polizisten zu.

«Gubler?», fragte dieser.

«Jawohl.»

«Riedi.»

«Danke, dass Sie mich abholen, Herr Riedi.» Jetzt kam ihm der Name wieder in den Sinn.

«Eugen, unter Kollegen.» Sein breites Grinsen entblösste seine schneeweissen, aber in alle Richtungen stehenden Zähne.

«Alessandro.» Er streckte Riedi die Hand entgegen.

Sie stiegen in den Streifenwagen und fuhren los.

Über die Engadinerstrasse gelangten sie zum Kreisel beim Zollhaus, fuhren dann durch das Welschdörfli und an der Talstation der Brambrüeschbahn vorbei. Während dieser kurzen Fahrt redete Riedi ununterbrochen und grüsste dabei unzählige Personen. Auf der Höhe der Kaserne hupte er und winkte einem weiteren Fussgänger zu.

«Das war der Kommandant der Kaserne Chur. Noch eine Rekrutenschule und dann ist Schluss für ihn. Er wird nach Thun versetzt.»

«Du kennst viele Leute. Bist du in Chur aufgewachsen?»

«Nein. In Araschgen. Aber schon vierzig Jahre bei der Polizei in Chur.»

«Vierzig Jahre?» Gubler staunte. «Weitere vierzig gibt es wohl nicht?»

«Nein», lachte Riedi, «Ende Monat ist Schluss.»

«Ich hoffe, du hast genug Hobbys, Eugen.»

«Keine Sorge, Alessandro. Das Maiensäss in Tschiertschen wartet auf mich. Ich habe endlich Zeit für das Theater.» Er sei Aktivmitglied bei der Laienbühne Chur. Gubler überlegte, ob er Riedi ihr gemeinsames Hobby mitteilen sollte, liess es aber sein. Und dann seien noch fünf Enkel da, die es kaum erwarten könnten, dass der Non endlich Zeit für sie habe. Riedi fuhr das Fahrzeug auf einen Parkplatz vor dem Hauptquartier der Kantonspolizei Graubünden und schaltete den Motor aus.

«Ich bringe dich noch zu Cavelti, und dann mache ich Feierabend. Hatte Nachtdienst.»

Sie stiegen aus.

Am Empfang wurden sie mürrisch von einer üppigen Frau begrüsst.

Riedi liess sich vom strengen Ton der Frau nicht irritieren. «Ciao Isabella, mia Bella. Wir haben einen Termin bei Cavelti.»

Isabella liess seine Schleimerei unbeantwortet. Ein leises Summen des Schlosses verriet die Entriegelung der Tür.

«Sie hat gerade eine Scheidung hinter sich», entschuldigte Riedi ihre schlechte Laune, während er den Knopf für den Lift drückte.

Im obersten Stock stiegen sie aus. Das Büro von Enea Cavelti lag gegenüber dem Lift. An der linken Seite war ein Glasschild montiert und darunter die Klingel mit den drei Leuchtdioden *Warten, Besetzt, Eintreten.* Riedi beachtete sie gar nicht. Er klopfte nur kurz an die Tür und trat ein, ohne eine Antwort abzuwarten.

«Chau Enea. Der Gubler ist hier.» Er machte Gubler ein Zeichen, ebenfalls einzutreten. «Keine Scheu, Alessandro. Komm rein.» Er tippte mit dem Zeige- und Mittelfinger an seine Stirn und verliess die beiden.

Als Cavelti vor ihm stand, erinnerte sich Gubler schlagartig an ihn. Cavelti war ein Berg von einem Mann. Seine Hände waren so gross wie Bratpfannen, und die schwarze, wilde Haarpracht erinnerte ihn an Alpenrosensträucher. Sein Gesicht strahlte Ruhe und Zufriedenheit aus.

«Schön, Sie wieder einmal zu sehen.» Cavelti streckte ihm die Hand entgegen.

«Ja. Freut mich auch. Unser letzter Fall liegt ja schon einige Jahre zurück.»

Er setzte sich auf den Stuhl, den Cavelti ihm anbot.

«Sieben. Genau sieben Jahre.»

«Die Jahre fliegen.»

«Wie ging dieser Fall eigentlich aus?», fragte Cavelti.

Der Entführungsfall Seidler wurde damals in der Presse als *Kurioser Entführungsfall* breitgeschlagen. Jeder Journalist hatte noch eine verrücktere Idee, und die Geschichte wurde zur *Russenmafia-Story.*

Plötzlich hatte Gubler den Fall wieder bis ins Detail vor Augen.

«Seidler hatte eine Woche Skiurlaub im Davoser Steigenberger Grandhotel gebucht. Angeblich wollte er sich mit zwei Geschäftspartnern dort treffen und das Geschäftliche mit dem Vergnügen verbinden. Jedenfalls erzählte er dies seiner Frau. Nachweislich hat er eingecheckt und am Abend das Nachtessen im Hotel eingenommen. Um einundzwanzig Uhr dreissig hat er sich nochmal mit seiner Frau, ganz der vorbildliche Ehemann, in Verbindung gesetzt und sich für die nächsten Tage bei ihr abgemeldet, da wichtige Gespräche anstünden. Als er aber nach drei Tagen nichts von sich hören liess, wurde die Frau nervös. Sie rief ihn auf dem Handy an, er nahm nicht ab. Sie versuchte ihr Glück im Steigenberger. Ohne Erfolg.» Gubler nahm einen Schluck Valser Wasser. «Das Hotelpersonal konnte Seidler auch nicht finden. Frau Seidler, überzeugt, dass ihr Mann von den Geschäftspartnern entführt worden sei, schaltete die Polizei ein. Die Nachforschungen ergaben ein ganz anderes Bild.»

«Lassen Sie hören, Gubler.»

«Die Überprüfung seiner Telefongespräche brachte an den Tag, dass er am Abend, als er mit seiner Frau telefoniert hatte, bereits im Flieger sass. Die weiteren Recherchen ergaben, dass es sich nicht um eine Entführung, sondern um *einen Liebestrip* mit seiner Geliebten nach Lissabon handelte.» Gubler nahm einen weiteren Schluck Valser Wasser.

«Hoppla. Ich stelle mir vor, Frau Seidler hatte einige Fragen an den Herrn», witzelte Cavelti.

«Ja, es wurde, wenn ich mich richtig erinnere, ein Dreiakter daraus.»

«Dreiakter?», stutzte Cavelti.

«Das Verhör durch die Ehefrau. Inventaraufnahme durch den Rechtsanwalt. Die Verteilung der Güter – zugunsten der betrogenen Ehefrau – durch das Gericht», schloss Gubler die Rekapitulation dieses Falles.

«Wie gewonnen, so zerronnen.» Cavelti schlug mit seinen Pranken auf den Tisch und holte die Bilder der Gletscherleiche, die ihm Gubler gemailt hatte, hervor.

«Nun zu diesem Fall.» Er legte die Bilder auf den Tisch. «Ist es Ihnen recht, wenn ich Frau Maissen rufe? Für das Protokoll?»

«Natürlich», nickte Gubler.

Cavelti drückte auf eine Gegensprechanlage. Eine Frauenstimme meldete sich.

«Claudia, du kannst kommen.»

Kurz darauf betrat eine junge Frau in Polizeiuniform Caveltis Büro.

«Claudia Maissen. Kommissar Gubler», stellte Cavelti die beiden einander vor.

Alle drei nahmen am grossen Tisch, der in der Mitte des Büros stand, in der typischen *Einvernahme-Sitzordnung* Platz: Frau Maissen an der Stirnseite, Cavelti rechts von Frau Maissen und Gubler gegenüber von Cavelti.

Die Finger von Frau Maissen flogen mit einer unglaublichen Geschwindigkeit über die Tastatur, während Gubler den gestrigen Fund rapportierte. Nach einer halben Stunde quittierte er mit seiner Unterschrift die Richtigkeit des Protokolls.

Unterdessen hatte Cavelti Kontakt mit der Heli Bernina aufgenommen, um zu erfahren, ob ein Sichtflug über dem

Gletscher möglich sei. Er legte den Hörer auf. « Im Moment ist es unmöglich zu fliegen.»

« Ja, und die Prognosen bleiben schlecht », bestätigte Gubler nach Konsultation der Wetter-App.

« Wenn Sie mir für zehn Minuten Ihr Telefon geben, kann Claudia die Position der Leiche anhand der Fotos orten », meinte Cavelti.

« Natürlich.» Gubler übergab das Telefon der Polizistin und suchte nach dem Ladekabel. « Sie werden es brauchen », erklärte er, während sie das Handy musterte.

« Können Sie mir bitte zeigen, wo ich die Fotos finden kann? Ich habe ein solches Telefon noch nie gesehen.» Sie streckte Gubler das Telefon entgegen. Er nahm es, öffnete den Ordner *Fotos* und gab es ihr zurück.

« Danke.» Sie musterte amüsiert das Telefon.

« Lust auf einen Kaffee, Gubler?», fragte Cavelti.

« Und wie », freute dieser sich.

Frau Maissen nickte und verliess das Büro.

« Aus meiner Sicht ist dieser Fall für Sie erledigt, Gubler. Ich werde der Sache nachgehen und Sie auf dem Laufenden halten.»

Gubler nickte. Sein Bauchgefühl sagte ihm, dass er Cavelti vertrauen konnte, was für ihn im Umfeld der Polizei nicht selbstverständlich war, und bedankte sich bei ihm.

« Und ihre Freistellung?», fragte Cavelti ohne grossen Umweg.

Gubler war weniger über die direkte, aus dem Nichts kommende Frage von Cavelti überrascht als vielmehr über die Tatsache, dass er von diesem Fall Kenntnis hatte.

« Es gibt Neuigkeiten gemäss Aussagen von Marco Pol, dem Pressesprecher ... »

« Pol », lachte Cavelti, « dieser alte Haudegen.»

« Sie kennen ihn?»

«Wer kennt Pol und seine Karriere nicht? Vom Bäcker zum Chef des Mediendienstes der Stadtpolizei Zürich.» Er machte eine kurze Pause. «Aber, am besten gefiel er mir als Pöstler im Film *Mein Name ist Eugen.* Haben Sie den Film gesehen?»

«Mehrmals», lachte auch Gubler.

«Haben Sie mit ihm zusammengearbeitet?»

«Ja. Wir waren einige Jahre gemeinsam bei der Kriminalpolizei in der Betäubungsmittelfahndung, bevor er die erfolgreiche Karriere als Pressesprecher in Angriff nahm», antwortete Gubler.

Es klopfte an der Tür. Frau Maissen brachte den Kaffee.

Zwei Stunden später verabschiedete sich Gubler von Cavelti, der ihn noch bis zum Ausgang begleitete.

Er hatte das Angebot, sich an den Bahnhof fahren zu lassen, dankend abgelehnt. Der kurze Spaziergang an der frischen Luft tat ihm gut. Er dachte über Caveltis letzte Frage nach: «Kommissar Riedi wird pensioniert. Könnten Sie sich vorstellen, für die Kriminalpolizei Graubünden in Chur zu arbeiten? Und übrigens: Enea!»

«Freut mich. Alessandro», hatte Gubler automatisch geantwortet. Auf die unvermittelte Frage war er nicht gefasst gewesen. Sie zwang ihn nachzudenken. Nachzudenken über seine Zukunft.

Die plötzliche Freistellung hatte bei ihm tiefe Spuren der Enttäuschung hinterlassen. Er war sich sicher gewesen, dass die Wahrheit ans Tageslicht käme und er von allen Vorwürfen freigesprochen würde. Aber er hatte sich verrechnet.

Die Verfilzungen in den obersten Kreisen der Politik, Wirtschaft und der Anwälte hatten genügend Kraft, um den Mord an der rumänischen Liebesdienerin zu verschleiern. Mehr noch. Gubler war freigestellt worden, weil er der Toten *nahegestanden* sein sollte. Grobes Fehlverhalten wurde ihm vorgeworfen.

«So grobe Fehler, dass eine Freistellung von Gubler unumgänglich ist.»

Das waren die Worte von Staatsanwalt Meier gewesen.

Ihm schossen die Bilder des verhängnisvollen Abends durch den Kopf, als er von Evelina – diesen Namen hatte die Rumänin jedenfalls angegeben – vor seiner Haustür bedrängt worden war.

«Helfen mir. Mich umbringen!», hatte sie geschrien.

Er hatte sie instinktiv in den Hausflur gestossen und die Tür geschlossen. Er hatte sie mit in seine Wohnung genommen. Natürlich war ihm klar gewesen, dass sie nicht bei ihm bleiben konnte. Er hatte ihr seinen Dienstausweis gezeigt mit der sinnlosen Bemerkung, er sei Polizist. «Ich rufe eine Polizeistreife und begleite sie dann auf das Revier.»

Nachdem er die Notfallnummer der Polizei gewählt hatte, war er in der Küche verschwunden.

Als er mit einem Glas Wasser zurückgekommen war, war Evelina weg gewesen.

Er hatte den Polizisten, die fünf Minuten später bei ihm läuteten, alles zu Protokoll gegeben. Eine Woche später war die Rumänin aus der Limmat gefischt worden. Mit einem kleinen Loch in der Stirn. Er hatte das Foto der toten Evelina, das die Titelseite im *Blick* zierte, sofort erkannt und Meldung bei seinem Vorgesetzten gemacht. Die Untersuchungen waren in eine Richtung verlaufen, die ihm gar nicht gefallen hatten. Und hatten mit seiner Freistellung geendet.

Unter diesem Gesichtspunkt war Caveltis Angebot durchaus eine Überlegung wert, doch es war zu früh für Entscheidungen. Erstens hatte Pol ihm Neuigkeiten versprochen, und zweitens war da Hanna.

In seine Gedanken versunken, rempelte er auf dem Bahnhofplatz einen älteren Herrn an, der ihn in schönstem Oberhalbsteiner Romanisch zurechtwies.

Gubler entschuldigte sich ebenfalls auf Romanisch, was bei dem Alten ein zufriedenes «Schon in urden» hervorrief.

Er schaute auf die elektronische Fahrplantafel. Da er einen kleinen Hunger verspürte, überlegte er, ob er im Café Maron ein Sandwich essen sollte, entschied sich aber dagegen.

Mit einer Brezel, gefüllt mit Kochschinken, vom Brezelkönig und einer Flasche Rhäzünser Bergamotte setzte er sich in den Zug auf Gleis drei und wartete, während ihm die Tartarsauce über die Finger lief, auf die Abfahrt des Intercitys nach Zürich.

Zürich

In Zürich regnete es in Strömen. Gubler schlug den Jackenkragen hoch, packte seinen Koffer und ging zum Taxistand. Er steuerte das vorderste Taxi an. Der Taxifahrer nahm ihm das Gepäck ab, öffnete ihm die Hintertür und verstaute den Koffer im Kofferraum.

«Wohin?», fragte er, während er den Motor startete.

«Morgartenstrasse zwanzig.» Er hielt dem Taxifahrer seinen alten Dienstausweis unter die Nase. Diesen Trick hatte er von einem Dienstkollegen übernommen. Die Taxifahrer hatten nämlich die schlechte Angewohnheit, die vielen Geschäftsleute nicht immer auf dem direkten Weg an ihr Ziel zu fahren. Ein Polizeiausweis wirkte in solchen Fällen Wunder. Die Taxifahrer fanden wie durch Zauberei den schnellsten Weg zum gewünschten Zielort.

Wie immer herrschte ein Chaos auf der Strasse. Der Taxifahrer entschuldigte sich im Minutentakt, dass es nicht schneller vorwärtsging.

Da Gubler keine Antwort gab, schwieg auch er.

Endlich hielt er an der Morgartenstrasse auf dem Gehsteig an und drückte die Stopptaste des Taxameters. Als Gubler den Betrag auf dem Display aufleuchten sah, ärgerte er sich, dass er nicht das Tram genommen hatte. Zähneknirschend bezahlte er. Der Fahrer bedankte sich und steckte ihm eine Visitenkarte zu. «Sie können mich jederzeit rufen.» Gubler nickte, nahm den Koffer und betrat den Hauseingang. Er stieg die Treppe hoch und staunte über seine Fitness. Vor drei Monaten war er im zweiten Stock jeweils ausser Atem gewesen, und jetzt flog er mit einem Koffer in der Hand die Stufen nach oben.

Im dritten Stock angekommen öffnete er seine Wohnungstür. Ein merkwürdiges Gefühl beschlich ihn. Er wohnte jetzt schon neunzehn Jahre in dieser Zweizimmerwohnung. Es war sein Rückzugsort, um Ruhe zu finden. Und jetzt ...

Er stellte den Koffer auf den Boden und zog die Tür hinter sich zu. Völlig sinnlos rief er ein lautes «Hallo» in die Wohnung. Irgendwie wollte er sich versichern, dass niemand zuhause war. Kopfschüttelnd über die eigene Dummheit ging er ins Wohnzimmer. Auf dem Esstisch lag ein Zettel: *Willkommen zu Hause, Alessandro. Die Pflanzen habe ich gestern noch gegossen. Bis bald, Mia.*

Er nahm das Handy und schrieb eine Nachricht: *Danke, Mia. Ich melde mich morgen bei dir. Liebe Grüsse, Alessandro.*

Auf dem Boden des Wohnzimmers türmten sich zwei Stapel Altpapier. Erster Stapel: Tageszeitungen, zweiter Stapel: nutzlose Werbung. Er stopfte alles in Migros- und Aldi-Papiertaschen. Melancholie beschlich ihn. Er vermisste die Alp. Ihm fehlten die Schafe. Ihm fehlte Sky. Und einmal mehr fehlte ihm Hanna.

Er schaute auf sein Handy in der Hoffnung, eine Nachricht von Hanna zu lesen.

Nichts.

Er füllte den Wasserkocher bis zur Hälfte mit frischem Kalkwasser auf und sortierte die Briefpost. Das Wasser kochte. Mit einer Tasse schwarzem Nescafé in Ermangelung von Milch öffnete er die Balkontür und trat hinaus. Während er dem Treiben auf der Strasse zusah, nahm er einen Schluck Kaffee. Es schüttelte ihn. Er ging zurück in die Wohnung und leerte den Kaffee in das Abwaschbecken. Er öffnete den Kühlschrank.

Leer.

Er suchte ein Blatt Papier und Schreibzeug. Milch, Butter, Brot, Käse, Pommes-Chips, Salsiz ...

Er zerknüllte den Zettel und warf ihn in den Mülleimer, nahm die beiden Altpapiertaschen und verliess die Wohnung. Er entschied sich, mit dem Einkaufen zu warten. Bis morgen. Bis Hanna da war.

Da der Alpsommer früher als erwartet zu Ende gegangen war, hatte sie sich spontan bei ihm in Zürich für eine Ferienwoche angemeldet. Er freute sich auf den Besuch, verspürte aber auch ein leichtes Gefühl von Angst. Es war der erste Frauenbesuch seit der Trennung von Sara vor vier Jahren.

Er musste raus. Raus aus dieser Wohnung. Gubler schaute auf die Uhr. Er brauchte unbedingt einen guten Kaffee. Und den gab es nur bei Carlo. Daher machte er sich zum Ristorante Antica Roma auf. Er überquerte gerade die Sihlbrücke, als zwei Polizeifahrzeuge mit Blaulicht und Sirene den Stauffacherquai hinunterrasten. Er blieb stehen, schaute den Fahrzeugen nach. Instinktiv nahm er sein Handy aus der Jackentasche und sah nach, ob eine Meldung für ihn eingegangen war. «Gubler, du bist freigestellt!» Er schüttelte den Kopf über seine Aktion und ging weiter.

Als er das Ristorante betrat, hörte er die Kaffeemühle, die ein ihm vertrautes Geräusch machte. Er inhalierte das Aroma der frisch gemahlenen Bohnen.

Carlo drehte sich mit dem Espresso in der Hand zur Theke und sah ihn.

«Alessandro. Che sorpresa.» Ihm war die Freude anzusehen. «Bin sofort bei dir.» Er brachte den Espresso an einen Nebentisch, sammelte die Münzen ein und kam zu Gubler. «Che sorpresa», wiederholte er und musterte Gubler. «Espresso wie immer?»

«Ja. Danke.»

«Du siehst gut aus, Gubler. Ti trovo molto dimagrito. Du hast abgenommen!»

«Acht Kilo.»

«Nicht zu übersehen.»

Er brachte Gubler den Espresso und schob die Zuckerdose über die Theke.

«Und bei dir, Carlo? Was gibt es Neues?»

Carlo schlug die Hände zusammen. «Niente di nuovo, Gubler. Nichts Neues.»

Gubler gab keine Antwort. Er kannte ihn gut genug, um zu wissen, dass er in den nächsten Minuten über sämtliche Neuigkeiten informiert würde. Er musste nur warten. Carlo war eine Quartierzeitung. Er hatte die Ohren und Augen immer offen. Seine grösste Stärke aber war seine Verschwiegenheit.

Die Gäste schätzten diese Eigenschaft Carlos, und so fühlten sich Politiker wie Rechtsanwälte und Gesetzesbrecher gleichermassen wohl im Ristorante Antica Roma.

Weshalb Carlo es mit seiner Verschwiegenheit ihm gegenüber nicht so genau nahm, konnte Gubler nicht sagen. Er schrieb diesen Umstand der gegenseitigen Sympathie zu. Vielleicht war es aber auch die simple Tatsache, dass Gubler *Commissario* war. Ihm war es egal. Carlo war für ihn eine gute Informationsquelle.

«Wie lange warst du fort, Gubler?»

«Drei Monate.»

Der Gast vom Nebentisch verliess das Lokal. «Ciao Thomas, a domani», rief Carlo ihm nach und räumte die Tasse ab. Sie waren allein im Ristorante.

«Tre mesi.» Carlo schaute sich um. «Deine Freistellung war *das* Thema im Ristorante», fuhr er fort. «Niemand glaubte an die These des Untersuchungsrichters, dass du etwas mit diesem Fall zu tun hattest.» Er machte eine verächtliche Geste mit den Händen, wie sie nur Italiener machen konnten. «Però. Tutto andrà bene.» Er bekreuzigte sich. «Alles wird gut kommen.»

«Was meinst du, Carlo, mit alles wird gut?»

«Caro Gubler. Kennst du die neuen Fakten in deinem Fall nicht?» Carlo war leicht irritiert.

«Nein. Ich bin erst vor zwei Stunden angekommen.»

«Neue Beweise haben einen Frauenhandel aufgedeckt. Und Untersuchungsrichter Meier hat, wie ihr es nennt, Dreck am Stecken!»

Gubler stutzte. «Mach mir bitte einen Corretto Grappa.»

Während Carlo die Kaffeemaschine bediente, erzählte er weiter: «Kurz nachdem du Zürich verlassen hattest, kam Marco Pol mit zwei Anwälten zum Nachtessen. Pol war von deiner Unschuld überzeugt. Non ho capito tutto, habe nicht alles verstanden, aber Marco informierte die beiden Anwälte, dass in diesem Fall in eine andere Richtung ermittelt werden müsse.» Er servierte den Corretto. «Vor einer Woche machten die Gerüchte über einen Frauenhandel die Runde und dass dieser *Giudice* Meier die Finger im Spiel haben soll.»

«Weshalb erstaunt mich das nicht?» Gubler trank den Corretto auf ex.

«Hast du keine Informationen erhalten?»

«Nein.» Gubler dachte nach. «Vor einer Woche, sagst du?»

«Si, aspetta.» Carlo dachte nach. «Es war letzte Woche am Dienstag oder Mittwoch.»

Gubler nahm sein Telefon und schaute auf die Nachrichten, die er an Marco gesandt hatte. Ihm kam die Nachricht auf der Visitenkarte von Marco in den Sinn.

Schlagartig war sie wieder da, die Neugier. Er wollte sofort Pol treffen.

«Kann ich zahlen, Carlo?»

Carlo lachte. «No, lascia perdere. Vergiss es, geht auf das Haus. Schön, dass du wieder da bist.»

Gubler bedankte sich und wollte gehen. Da kam ihm der Brief in den Sinn. «Carlo. Ich brauche deine Hilfe.» Er zog den Brief, den er bei der Gletscherleiche gefunden hatte, vorsichtig aus dem Lederetui und legte ihn aufgefaltet auf die Bar. «Kannst du mir diese Worte übersetzen?»

Carlo setzte sich seine rote Lesebrille auf und murmelte den Brief in seiner Muttersprache vor sich hin. «Mamma mia, Gubler. Das sind die schönsten Worte, die ich je gelesen habe, um jemandem zu sagen, dass er Vater wird.» Carlo schob sich die Brille auf den Kopf. «Kennst du die beiden Glücklichen?»

«Nein. Aber kannst du mir sagen, was da genau geschrieben steht?»

Carlo las Gubler den Brief vor:

Lieber Pietro
Wir können nicht alles bekommen, was wir wollen, aber zusammen haben wir alles, was wir brauchen.
Denn unter meinem Herz, das für dich schlägt, schlägt seit kurzer Zeit ein zweites!
In tiefster Liebe, Chiara.

«Wer sind die beiden, und woher hast du diesen Brief?»

Vorsichtig faltete Gubler den Brief zusammen und steckte ihn wieder in das Etui. «Längere Geschichte, erzähle ich dir ein anderes Mal.» Er liess den Brief in seiner Jacke verschwinden. «Hast du für morgen noch einen Tisch frei? Circa neunzehn Uhr.»

«Naturalmente. Ich reserviere dir deinen kleinen Lieblingstisch hinter der Garderobe.»

«Ich brauche einen Zweiertisch.» Gubler blieb am Ausgang stehen und drehte sich nochmal um: «Für mich und Hanna.» Er liess Carlo mit offenem Mund hinter der Bar stehend zurück.

«Gubler, warte!», rief ihm dieser nach und eilte hinter dem Tresen hervor.

Gubler überquerte bereits die Strasse, als Carlo an der Eingangstür mit zwei Gästen zusammenstiess. «Ciao Franz, ciao Peter. Scusate. Bitte, kommt herein.» Er hielt den beiden die Tür auf und rief Gubler ein «a domani» hinterher.

Vom Ristorante Antica Roma bis zum Hauptquartier der Stadtpolizei war es nur ein kurzer Weg zu Fuss. Kurz nach fünfzehn Uhr stand Gubler im Empfangsraum des Polizeigebäudes an der Kasernenstrasse. Frau Wieland sprang aus ihrem Bürostuhl und begrüsste ihn überfreundlich. Sie konnte ihre Freude, ihn nach so langer Zeit wiederzusehen, kaum zurückhalten, und wie immer sprudelte es nur so aus ihr heraus:

«Herr Gubler, schön sind Sie wieder da. Sie fehlen uns. Ihre Nachfolgerin macht einen guten Job, aber sie ist einfach noch zu jung.»

Frau Wieland hatte ihre liebe Mühe mit Veränderungen. Gubler wusste nicht viel von ihr und ihrem Leben. Sie sass schon am Empfang, als Gubler seinen ersten Arbeitstag hatte. Sie pflegte zu niemandem Kontakt, und bei den gemeinsamen Weihnachtsessen, übrigens der einzige Anlass, an dem sie teilnahm, verliess sie die Gesellschaft jeweils nach dem Apéro. Vor einigen Jahren hatte Gubler in ihrem Leben nachgeforscht und herausgefunden, dass sie alleinstehend war, in ihrem Elternhaus ausserhalb der Stadt wohnte und siamesische Katzen hielt. Das war aber auch schon alles. Eine weitere Eigenschaft, einige nannten es Macke, von ihr war, dass sie mit allen per Sie war. Angebote, sich zu duzen, wies sie freundlich, aber kategorisch ab.

«Die jungen Leute haben einfach keinen Respekt mehr, Herr Gubler. Und Frauen als Kommissarinnen. Nein, ich habe Schwierigkeiten damit. Ich sage Ihnen das ganz ehrlich.»

«So schlimm wird es wohl nicht sein, Frau Wieland. Und übrigens, wir leben im einundzwanzigsten Jahrhundert.»

«Ich weiss, Herr Gubler. Aber trotzdem, ihnen fehlt einfach die Erfahrung.»

«Die kommt normalerweise mit dem Alter, Frau Wieland. Und die Ausbildung, die die jungen Leute heute bekommen, ist um einiges besser als zu unserer Zeit.»

Frau Wieland wusste, dass Gubler recht hatte, und wechselte das Thema. «Wie kann ich Ihnen helfen?»

«Ich habe einen Termin mit Marco Pol.»

Sie schaute in den Computer. «Im Zwingli-Zimmer, vierter Stock.» Sie nahm das kabellose Telefon und wählte eine Kurznummer. «Hallo, Herr Pol. Der Herr Gubler ist da.» Sie legte auf, tippte einen Code in den Computer, und die Schiebetüren öffneten sich.

Gubler betrat nach drei Monaten zum ersten Mal wieder die Räume, die in den letzten Jahren sein *Zuhause* gewesen waren. Ein seltsames Gefühl beschlich ihn.

«Ich bringe Sie zu ihm», sagte Frau Wieland. Mit dem Lift fuhren sie in den vierten Stock. Das Büro von Pol war das letzte auf der rechten Seite des Ganges. Gubler klopfte an die Tür. Zweimal leicht. Warten. Zweimal stark. Warten.

Aus dem Büro ertönte ein: «Komm herein!»

Marco Pol kam mit offenen Armen auf Gubler zu. «Unser Schafhirt!»

Sie umarmten sich freundschaftlich.

«Du siehst gut aus, Alessandro. Ich habe es immer gesagt. Das Engadin ist das Beste, was einem Menschen passieren kann.» Er blickte zu Frau Wieland: «Doris, bringen Sie uns zwei Kaffee Crème, bitte?»

«Mir lieber ein Glas Wasser. Ich habe eben zwei Espressi bei Carlo getrunken.» Gubler machte diese Aussage bewusst. Er schaute auf das rechte Auge von Marco, und tatsächlich, es zuckte. Nur ganz kurz, aber es zuckte. Es war wohl eine der wenigen Schwächen, die Marco hatte. Gubler kannte sie schon aus ihrer Schulzeit. Immer, wenn Marco nervös oder aufgeregt war, zuckte sein rechtes Auge.

Pol wusste um diese Schwäche. Er schaute Gubler an und lächelte. «Komm, erzähl. Wie ist es dir ergangen an diesem schönsten Flecken der Erde?»

Gubler musste schmunzeln. Da war sie wieder, diese kompromisslose Liebe Pols zum Engadin. Frau Wieland hatte am Montagmorgen meistens die Ehre: «Frau Wieland, Sie müssen unbedingt einmal das Engadin im Hochsommer besuchen. Die Möglichkeiten, die dieses Hochtal bietet, sind konkurrenzlos.» Und dann kam sie, die mittlerweile allen bekannte Aufzählung. Die Wanderungen und vor allem seine Lieblingstouren: von Muottas Muragl hinauf zur Segantinihütte mit einmaligem Blick auf die Oberengadiner Seen und dann den Steinbockweg entlang über die Fuorcla Pischa hinunter zu den Berninahäusern. Dann das Val Roseg, Val Fex, Val Trupchun, Val Bever und all die Täler, die man mit dem E-Bike erreichen konnte. Der Silsersee mit seiner Halbinsel, die schon Hermann Hesse und all seine anderen Kollegen zur Ruhe und zum Nachdenken gebracht hatte. Diese Schwärmereien nervten Gubler, und er kam zu Wochenbeginn jeweils erst nach neun Uhr ins Büro. Dann waren die Lobeshymnen von Marco meistens vorbei. Doch jetzt, als er selber eine längere Zeit in diesem Hochtal verbracht hatte, verstand er Marco und erzählte ihm alles. Fast alles.

Pol wollte noch weitere Fragen stellen, da klopfte es an der Tür, und Frau Wieland brachte den Kaffee und das Mineralwasser. Sie stellte das Tablett auf den Tisch und verliess den Raum.

Gubler packte die Gelegenheit beim Schopf: «Du wolltest mir wichtige Neuigkeiten erzählen. Ich denke, es geht um die tote Sexarbeiterin aus Rumänien.» Sein Ton wurde sachlich.

Pol bemerkte den Wechsel und ging darauf ein. «Ja. Es hat sich einiges getan. Der Fall ist so brisant, dass er zur Chefsache erklärt wurde.»

«Die Staatsanwaltschaft?»

«Oberstaatsanwaltschaft», antwortete Pol. «Dr. jur. Zürcher ist der federführende Anwalt in diesem Fall.» Er brachte Gubler auf den neusten Stand.

«Und was hat Richter Meier mit dieser Sache zu tun?»

Pol war baff. Er hatte den Richter Meier mit keiner Silbe erwähnt. «Wie lange bist du schon zurück? Wieso weisst du ... woher hast du diese Information?»

«Maulwurf Roma.»

Pol schüttelte den Kopf. «Unglaublich. Uns sagt man, es sei streng vertraulich, und da kommt ein Kommissar nach drei Monaten zurück nach Zürich und erfährt die geheimsten Sachen in einer Pizzeria.» Seine Irritation wechselte in Wut. «Ich bin so froh, dass diese Scheisse bald zu Ende ist, Gubler.»

«Du meinst die Sache mit der Rumänin?»

«Nein, Herrgott nochmal.» Pol schlug mit der Hand auf den Tisch. «Alles, Gubler. Alles. Noch sechs Monate und fünfzehn Tage.» Er schaute auf die Uhr. «Und zwei Stunden. Und dann können mich alle kreuzweise.» Er setzte sich sichtlich genervt in den Bürostuhl, drehte sich um und schaute zum Fenster hinaus.

Gubler wollte noch etwas sagen, liess es aber sein. Er kannte die Ausbrüche von Marco. Sie waren heftig. Heftig, aber kurz.

Während Pol aus dem Fenster schaute, klopfte er mit einem Bleistift auf die Stuhllehne. «Entschuldige, Alessandro.» Er drehte sich zu Gubler um. «Heutzutage wird die Verschwiegenheit mit Füssen getreten.» Er hatte sich wieder gefasst und fuhr mit ruhiger Stimme fort. «Es wird noch seine Zeit dauern, aber es klärt sich alles zu deinen Gunsten.»

Gubler lehnte gemütlich im Stuhl zurück und trank sein Wasser.

«Deine Freistellung wird aufgehoben und rückwirkend für nichtig erklärt. Das hat die Staatsanwaltschaft bereits entschieden. Du musst dich aber noch gedulden, bis du deinen Dienstausweis zurückbekommst.»

«So, so», murmelte Gubler gelangweilt.

«So, so?», äffte Pol seine Reaktion nach. «Eigentlich habe ich auf einen Freudentanz gehofft.» Er hatte sich bereits wieder beruhigt.

Gubler hob die Schultern. «Den hätte ich vor zwei Monaten höchstwahrscheinlich auch gemacht», lachte er.

Pol war zum zweiten Mal baff. Er sprang auf. Das war zu viel für ihn. Er musste sich bewegen. «Vor drei Monaten, als man dir von einem Tag auf den anderen die Dienstpistole und den Zutrittsbadge abnahm, hatte ich Angst, dass du von einer Brücke springst, und jetzt ist dein ganzer Kommentar ‹so, so›?» Er konnte sein Unverständnis nicht zurückhalten.

Gubler nahm einen Schluck Wasser. «Die letzten drei Monate haben mir in vielen Dingen die Augen geöffnet.» Er nahm den letzten Schluck, stellte das Glas ab und stand ebenfalls auf. «Marco. Ich bin mir nicht sicher, ob ich wieder zurückkommen soll.»

Pol musste sich wieder setzen. «Was heisst das? ‹Ich weiss nicht, ob ich zurückkomme›?» Er schaute auf die Uhr. «Du hast es tatsächlich geschafft, mich in einer halben Stunde öfter zu überraschen als in den letzten zwanzig Jahren.» Er schaute Gubler direkt in die Augen. «Wie heisst sie schon wieder?»

«Wen meinst du?» Gubler spielte den Nichtwissenden.

«Alessandro. Du weisst, wen ich meine.»

Gubler wartete mit der Antwort. Seine Augen leuchteten. «Hanna», kam es leise über seine Lippen.

«Hoppla. Hier scheint Amors Pfeil getroffen zu haben.» Pol stand auf, kam auf Gubler zu und legte ihm freundschaftlich die Hand auf die Schulter. «Ich mache Schluss für heute. Hast du Lust auf ein Feierabendbier?»

«Ich hatte schon Angst, du fragst nie.»

Während Pol den Computer runterfuhr, nahm Gubler sein Handy und suchte das Foto der Leiche mit der verletzten Schulter. «Kannst du mir noch einen Gefallen tun, Marco?» Er zeigte ihm das Foto.

Marco schaute ihn an. Er wollte ihm eine Frage stellen, doch Gubler winkte ab. «Erzähle ich dir alles im Detail, aber zuerst brauche ich die Hilfe von Blarer.»

Pol wählte, ohne weitere Fragen zu stellen, die Nummer von Blarer und stellte auf Lautsprecher.

Nach zwei Mal Läuten nahm Blarer ab. «Ich bin gleich bei Ihnen», tönte es dumpf aus dem Lautsprecher. Sie hörten, wie er sich mit einem Studenten austauschte. «Sie müssen die Leber auf die Seite schieben. Warten Sie, ich helfe Ihnen.» Ein lautes *Tock* verriet ihnen, dass der Doktor das Telefon auf den Tisch gelegt hatte. «Gut so. Langsam. Und jetzt raus damit. Bravo, geht doch.» Kurz darauf meldete sich Blarer am Apparat: «Dr. Blarer, Rechtsmedizin.»

«Grüss dich, Peter. Hier ist Marco. Stadtpolizei Zürich. Habt ihr die Operation beendet?»

«Operation? Was meinst du, Marco?»

«Wir haben über das Telefon an der Entnahme der Leber teilgenommen.»

«Ach so», winkte Blarer ab, «die Studenten sezieren eine Sau. Zu Übungszwecken. Wie kann ich dir helfen?»

«Hast du einen Moment Zeit für mich?»

«Klar, gerne. Hab schon lange nichts mehr gehört von dir. Und Arbeit bringst du mir auch keine mehr. Hast du einen anderen Leichenschneider gefunden?» Ein röchelndes Lachen drang durch den Hörer.

«Ich würde nie einen anderen Fachmann herbeiziehen als dich. Das weisst du!», antwortete Marco.

«Schmeichle deiner Frau, Marco, der Erfolg ist dort grösser. Was willst du von mir?»

«Gubler und ich würden gerne bei dir vorbeischauen.»

«Gubler, das alte Schlachtross. Gibt es den auch noch? Habe gemeint, sie hätten ihn in die Ferien geschickt?» Wieder war das röchelnde Lachen zu hören. «Kommt vorbei, ich bin hier.»

Marco wollte noch etwas sagen, doch der Doktor hatte bereits aufgelegt.

Dr. Peter Blarer, der Leiter des Institutes für Rechtsmedizin, war ein Freak. Seine Erfahrungen und sein Fachwissen waren weit über die Kantonsgrenze hinaus gefragt. Seine Obduktionsberichte waren stets kurz und verständlich abgefasst. Rückfragen kommentierte er jeweils mit der Frage: «Was verstehen Sie nicht?» Was immer wieder zu Reklamationen, in erster Linie von Anwälten, führte. Legendär waren auch seine Vorlesungen an der Uni, die von den Studierenden jeweils mit Standing Ovations quittiert wurden.

«Gehen wir.» Pol nahm seine Jacke von der Garderobe. Er schaute aus dem Fenster. Es regnete wieder. «Scheisswetter», fluchend klemmte er sich einen Regenschirm unter den Arm.

Sie verliessen das Hauptgebäude. Während sie sich durch den Stadtverkehr hinauf zur Universität an der Winterthurerstrasse quälten, fasste Gubler für Pol den Fund der Gletscherleiche zusammen.

Zürich, zweiter Tag

Gubler fuhr aus dem Schlaf hoch. Das Handy klingelte. Ein furchtbarer Traum ging zu Ende. Sein Schädel hämmerte wie wild. Schweissgebadet versuchte er sich zu orientieren. Durch den gezogenen Vorhang drängten Helligkeit und Motorenlärm in sein Zimmer. Er brauchte einen Moment, bis er wusste, wo er war. Er ignorierte das Telefon, ging ins Badezimmer und stellte sich unter die Dusche. Langsam kamen die Erinnerungen an den gestrigen Abend im Ristorante Antica Roma wieder. Es musste weit nach Mitternacht gewesen sein, als er nach Hause gekommen war.

Er dachte an den Traum. Er sah die Schafe über den Gletscher rennen. Er hatte einen Wolf an der Leine. Lurench machte ihm von der Alp aus Zeichen, in welche Richtung er gehen sollte. Immer dichterer Nebel umschloss Gubler. Die Schneeflocken setzten sich am Boden fest. Er war nur mit einem T-Shirt bekleidet. Gefrorene Schweisstropfen übersäten sein Gesicht wie Warzen. Sein Handy läutete ununterbrochen. Er nahm ab. Auf der anderen Seite meldete sich die Gletscherleiche. Sie lud ihn zum Mittagessen ein. Er hatte die Schafe beinahe eingeholt, als sich plötzlich eine tiefe Gletscherspalte auftat. Die Schafe sprangen eines nach dem anderen hinab ins Verderben. Er drehte sich um. Der Land Rover von Pierino war neben ihm parkiert. Am Steuer sass Hanna. Er konnte sie nicht verstehen. Der Sturm fegte jedes ihrer Worte über den Tremmogia-Gipfel hinweg. Er kämpfte sich zum Fahrzeug. Ein grosses blaues Loch tat sich am Himmel auf. Er pfiff durch die Hundepfeife. Mit den Armen schwingend schrie er Kommandos. Sky bewegte sich nicht. Hanna fuhr davon. Durch das blaue Loch. Ihr Handy lag auf dem

Boden. Es klingelte. Nein, es heulte. Gubler erwachte, froh, dass alles nur ein Traum war.

Die Dusche wirkte Wunder. Er atmete tief ein, zählte bis drei und drehte den Warmwasserhahn zu. Fluchend stand er eine gefühlte Ewigkeit unter dem Kaltwasserstrahl. Er zählte nochmal auf drei, stieg aus der Dusche und griff nach dem Badetuch. Fehlanzeige. Nass lief er zum Schrank in seinem Zimmer. Irgendwo klingelte sein Handy erneut. Er fand es unter den Kleidern, die am Boden lagen. Es war Hanna. Er räusperte sich und nahm das Gespräch entgegen.

«Guten Morgen, Liebes.» Seine Stimme klang rau.

«Guten Morgen?», staunte Hanna. «Es ist dreizehn Uhr. Scheint ein langer Abend gewesen zu sein», lachte sie. «Steht dein Angebot von gestern Abend noch?»

Das waren sie, diese Momente. Er hatte keinen blassen Schimmer, was er antworten sollte. «Natürlich. Ich bin gerade aus der Dusche gestiegen», bluffte er.

«Ich freue mich. Mein Zug kommt um sechzehn Uhr zweiundzwanzig in Zürich an.»

«Passt. Ich komme dich abholen.» Er hoffte, dass dies sein gestriges Angebot war. Nach weiteren Liebeserklärungen verabschiedete er sich von ihr. «Bis bald.» Er küsste sie durch das Telefon und legte auf.

Während er sich mit dem frischen, steifen Baumwollbadetuch abtrocknete, versuchte er, den gestrigen Abend zu rekonstruieren.

Nach dem Besuch bei Dr. Blarer gingen sie alle drei zu Carlo. Nach dem *primo*, *secondo*, dem *dolce* und dem *caffè*, alles begleitet von besten Weinen, folgten wohl noch zu viele Grappas.

Gubler fehlten einige Stunden.

Er suchte frische Kleider in seinem Schrank. Die nassen Anziehsachen am Boden stanken nach Rauch. Vage kam die

Erinnerung, wie er im strömenden Regen nach Hause gelaufen war. Auch sein Mundgeruch hatte plötzlich eine Erklärung: die Zigarren in der Raucher-Lounge.

Er ging in die Küche und trank einen Liter Leitungswasser. Er schaute auf die Küchenuhr, hob die Kleider vom Boden auf und verliess die Wohnung.

Er hoffte, dass die Waschmaschine frei war. Er hatte Glück. Nachdem er alles in die Trommel geworfen und das Programm auf sechzig Grad eingestellt hatte, stahl er wie immer das Waschpulver seiner Nachbarin und lies die Maschine ihren Job erledigen. Aus seinem Notizblock riss er eine Seite heraus und schrieb: *Wäsche einfach rausnehmen, wenn fertig. Danke. Gubler.*

Er klemmte den Zettel in das Waschpulverfach und verliess die Waschküche.

Vor dem Hauseingang atmete er zweimal tief durch. Der Regen hatte inzwischen aufgehört. Die frische Luft tat ihm gut. Er brauchte sofort eine Tasse Kaffee. Seine Kopfschmerzen wurden heftiger. Auf dem Weg zum Hauptbahnhof kaufte er in einer Apotheke Aspirin. Er bat die Verkäuferin, ihm ein Glas Wasser zu bringen, und schluckte zur Sicherheit zwei Tabletten. Die Apothekerin wollte Gubler auf die Folgen von Medikamentenmissbrauch hinweisen, als sein Handy läutete. Er wandte sich entschuldigend von ihr ab und tat geschäftlich. «Gubler, Stadtpolizei Zürich. Einen Moment bitte.» Er drehte sich wieder zur Verkäuferin um: «Sorry, aber ich muss gehen. Was bin ich Ihnen schuldig?» Er stellte das Glas auf den Ladentisch, bezahlte und verliess die Apotheke.

«Gubler.» Aus dem Handy war nur Stimmengewirr zu hören. Er schaute auf das Display: *Dr. Blarer, Rechtsmedizin.* «Hallo, Peter», rief Gubler in das Handy.

«Du musst nicht schreien. Habe auf Lautsprecher gestellt», hörte er Blarer aus der Ferne rufen. «Bin gleich bei dir, Alessandro.» Er gab noch einige Anweisungen an die Studenten und widmete sich dann dem Gespräch mit Gubler. «Wie geht's dem Kopf?» Seine Stimme war jetzt deutlich zu verstehen.

«Es geht. Habe mit Aspirin nachgeholfen. Um welche Zeit sind wir eigentlich nach Hause gegangen?»

«Ich um halb vier. Du wahrscheinlich eine Zigarrenlänge später», meinte Blarer. «Ich habe die Fotos analysiert. Moment ... Student Hofstetter. Sie müssen zuerst die Lunge entfernen. Schwarber, bitte zeigen Sie es ihrem Kollegen ... Entschuldigung, Alessandro. Ich bin gleich wieder bei dir.» Das bekannte *Tock* verriet Gubler, dass Blarer das Telefon wieder abgelegt hatte. Kurz darauf meldete er sich zurück. «Ich bin mir sicher, dass die Verletzung an der Schulter nicht durch einen Unfall verursacht worden ist. Sie zeigt eher eine massive mechanische Einwirkung.»

Gublers Sinne waren sofort hellwach. «Könnte die Verletzung von einer Gewehrkugel stammen?» Er dachte an die Gewehrverschlüsse, die er bei der Leiche gefunden hatte.

«Durchaus möglich. Mehr kann ich dir anhand der Fotos aber nicht sagen», antwortete Blarer. «Für weitere Angaben müsste ich die Leiche ... Nein, warten Sie, Schwarber, das ist die Niere ... Entschuldige, Alessandro, ich muss gehen.»

«Noch eine Frage. Ist es möglich, dass ...» Im Handy herrschte Totenstille. Blarer hatte bereits aufgelegt. Gubler notierte die Aussagen von Blarer in sein Notizbuch, holte sein Handy aus der Jackentasche und wählte die Telefonnummer von Enea Cavelti, drückte die Verbindung aber wieder weg, bevor es zu läuten begann. Er entschied sich abzuwarten, was die Ermittlungen aus Chur ergeben würden.

Er schaute auf die Uhr. Er hatte noch Zeit. Hanna würde erst in gut zwei Stunden in Zürich ankommen. Das Aspirin zeigte die erhoffte Wirkung. Nichts sprach gegen einen Besuch im Schrebergarten von Eugenio Polinelli. Dieser war seit fünfunddreissig Jahren Abwart im Hauptquartier der Kantonspolizei Zürich. Polinellis Familie war vor über sechzig Jahren aus Sizilien in die Schweiz gekommen. Eugenio war damals dreizehn Jahre alt gewesen. Sein Vater hatte dank einem Cousin, der schon Jahre früher in die Schweiz gekommen war, eine Stelle bei der Polizei als Automechaniker gefunden. Für Eugenio hingegen sah es ohne Schulabschluss und somit ohne Chance auf eine Berufsausbildung schlecht aus. Wieder half der Cousin. Eugenio stieg vom Putzgehilfen bis zum Abwart auf.

Eugenio war ein Süditaliener. Hochexplosiv und doch die liebenswürdigste Person, die Gubler in seiner Zeit bei der Polizei kennengelernt hatte. Mit Freude dachte er an die Samstage, die er in dessen Schrebergarten verbracht hatte. All die Grilladen und das frische Gemüse aus dem Garten! Sonntags hingegen kochte Polinellis Frau Lasagne. Bei schönem Wetter assen sie im Garten, bei Regen zu Hause. Gubler und Sara waren mehr als einmal eingeladen gewesen. Gubler liebte diese italienischen Sonntage. Sara hatte sie *zu* italienisch gefunden.

Die Freude war auf Polinellis wie auch auf Gublers Seite riesig, sich nach so langer Zeit wiederzusehen. Gubler musste mehrere Male erzählen, wie es ihm im Engadin ergangen war. Und natürlich wollten sie wissen, wann er wieder mit der Arbeit bei der Polizei beginnen würde. Er berichtete ganz nach seinem Grundsatz: Sag nur, was wahr ist, sag aber nicht alles, was wahr ist.

Die Stunden im Schrebergarten vergingen wie im Flug. Eugenio rief halb Italien in seinem *Quartier* zusammen, um Gublers Rückkehr zu feiern. Gubler musste mehrmals passen, als die Gläser immer wieder gefüllt wurden. Die sonntägliche

Einladung zum Lasagneschmaus hingegen konnte er nicht ablehnen. Kein einziges Argument, das er vorbrachte, um dem morgigen Mittagessen fernzubleiben, fand Verständnis bei Eugenios Frau. Und nachdem er schliesslich den Besuch von Hanna erwähnt hatte, war es sowieso geschehen. Lauthals teilte Marisa dem ganzen Schrebergarten mit, dass Gubler eine Freundin habe.

«Che sorpresa. Gubler ha una ragazza ed è innamorato», sie hob die Hände gegen den Himmel: «Grazie dio!»

Kurz vor sechzehn Uhr verabschiedete sich Gubler von den Polinellis und stieg in die Tramlinie sechs Richtung Hauptbahnhof. Weshalb Marisa dem Herrgott dankte, wusste er nicht genau, aber er dachte auf der Fahrt über ihre Worte nach. Hatte er eine Freundin? Und war er verliebt? Er überlegte, wie wohl Hanna auf die Familie Polinelli reagieren würde.

Mittlerweile war er am Hauptbahnhof angekommen. Es blieb ihm noch eine halbe Stunde, bis der Zug aus Chur auf Gleis drei einfuhr. Gubler setzte sich ins Café Oscar und blätterte sich durch seinen Notizblock. Er versuchte, anhand der wenigen Fakten, sich ein Bild zum Fall *Gletscherleiche,* wie er ihn nannte, zu machen.

Er dachte an Carlos Worte: «Chiara era in cinta.» Chiara war schwanger. Seine Gedanken wurden durch die Ankündigung der Einfahrt des Intercitys aus Chur unterbrochen. Er bezahlte und verliess das Café.

Aufgeregt lief er am Gleis drei entlang. Der Zug fuhr mit quietschenden Bremsen ein und kam zentimetergenau vor dem Prellbock zum Stehen.

Die Türen öffneten sich, und die Fahrgäste stürzten aus den Waggons. Plötzlich stand Gubler mitten im Gedränge vorbeihetzender Leute. Er hielt Ausschau nach Hanna, was in diesem Menschengewirr gar nicht so einfach war. Er blieb stehen und wartete.

Und dann war sie da! Sein Herz schlug schneller als gewöhnlich. Hanna strahlte wie die Engadiner Sonne und winkte ihm zu. Sie beschleunigte ihre Schritte und überholte links und rechts langsamer laufende Passagiere.

Sie fiel ihm um den Hals und küsste ihn leidenschaftlich.

«Schön, dass du da bist», stammelte Gubler. Er schaute auf den kleinen Rollkoffer. «Wo hast du das grosse Gepäck?», scherzte er.

«Ich habe nur für eine Woche gepackt. Falls ich länger bleiben darf, fällt mir sicher etwas ein.» Sie hakte sich bei ihm unter, und gemeinsam verliessen sie den Hauptbahnhof.

«Taxi oder hast du Lust auf einen Spaziergang?» Gubler hoffte auf Letzteres.

«Wenn wir nicht eine Stunde laufen müssen, würde mir ein Spaziergang sehr gefallen.»

«In zwanzig Minuten sind wir zu Hause.»

«Also los. Ich freue mich auf Zürich.» Sie legte ihren Kopf an seine Schulter.

Zurück in Sils Maria

Der Herbst machte sich im Engadin langsam bemerkbar. Mitte September begannen sich die ersten Bäume zu verfärben. Das goldene Leuchten der Lärchen, das im Oktober folgte, war das Glanzstück der Natur, bevor der lange Winterschlaf begann.

Aus der ursprünglich geplanten Ferienwoche von Hanna waren drei geworden. Gublers Angst vor dem täglichen Zusammensein mit Hanna hatte sich als unbegründet erwiesen, und die drei intensiven Wochen gaben ihm die Sicherheit, das Abenteuer Hanna einzugehen.

In Sachen Freistellung hatten sich neue Fakten ergeben, doch es gab noch keine Entscheidungen, und Marco Pol musste eingestehen, dass die Mühlen der Justiz in diesem Fall ungewöhnlich langsam mahlten.

Hannas Arbeitsbeginn für die Wintersaison im Psychiatrischen Dienst in St. Moritz stand an. Sie musste zurück.

Gubler entschied sich mitzugehen. Er würde bei Hanna wohnen. Erneut übergab er die Betreuung seiner Wohnung an Mia Hirsiger. Mia versprach, gut aufzupassen, konnte sich aber die Bemerkung «Vielleicht solltest du über eine Kündigung der Wohnung nachdenken» nicht verkneifen.

Drei Wochen waren vergangen seit der Rückkehr nach Sils. Aus Zürich war ein Entscheid gekommen. Gubler ging zur Post, um den eingeschriebenen Brief abzuholen. Er betrat die neugestaltete Schalterhalle und lauschte dem angeregten Gespräch zwischen dem Posthalter Murtas und der Geschäftsführerin von Sils Tourismus zu.

«Nach fünfundzwanzig Jahren Dienst bekommt man in diesem Unternehmen einen Brief mit der kurzen Mitteilung, dass die Poststelle geschlossen wird. Und das nach einem erst kürzlich fertiggestellten Umbau. Solche Strategien versteht ein normaler Mensch nicht mehr.» Wütend überreichte Murtas der Touristikerin einen Bogen mit A-Post-Marken. «Für mich werde ein Sozialplan erstellt, zu dem ich mich zu gegebener Zeit äussern könne!» Er war so richtig in Fahrt gekommen und machte seinem Unmut Luft.

Die Geschäftsführerin hingegen nutzte die Gunst der Stunde und machte Gubler ein Zeichen, dass er kommen solle, sie müsse weiter. Sie verabschiedete sich von Murtas und meinte augenzwinkernd zu Gubler: «Jetzt sind Sie dran.»

Nachdem dieser der Frage von Murtas «Was meinen Sie? Ist das nicht eine bodenlose Frechheit dieser Unterländer-Manager, die Poststelle einfach zu schliessen?» ausgewichen war, übergab er ihm die gelbe Abholungsaufforderung.

Murtas nahm den Zettel entgegen, knallte einen Stempel darauf, holte den Brief aus der Schublade und schob ihn Gubler mit den Worten «In Zukunft können Sie die eingeschriebene Post in St. Moritz abholen» unter der Plexiglasscheibe durch. Gubler war froh, dass in diesem Moment zwei italienische Touristen die Post betraten und laut nach der Abfahrtszeit des Postautos fragten. «Sehe ich aus wie ein Fahrplan?», war die kundenfreundliche Antwort des Posthalters. Gubler verabschiedete sich und machte den Touristen Platz, die jetzt an der Reihe waren, Murtas' schlechte Laune zu erdulden.

Vor der Post überlegte er, ob er den Brief sofort öffnen sollte, entschied sich aber dagegen. Es gab aus seiner Sicht eh nur zwei Möglichkeiten: Er durfte entweder wieder als Kommissar zurück zur Stadtpolizei Zürich oder die Freistellung wurde definitiv bestätigt. Er überquerte die Brücke der Fedacla, als er von Men Parli gerufen wurde.

Gemeinsam betraten sie das gut besetzte Restorant Muot Marias. Es war kurz vor Mittag. Am runden Tisch, der in der Mitte des Lokals stand, war noch ein Stuhl frei. Gubler überliess den freien Stuhl Men Parli, schnappte sich einen vom Tisch nebenan und setzte sich dazu. Die Einheimischen debattierten einmal mehr über den missratenen Postplatz.

Er hörte mit einem Ohr zu und studierte die Namen der Siegermannschaften, die unter der Glasplatte des Arventisches in die Schieferplatte eingeritzt waren. Das Curlingturnier Giandaplatta, das jedes Jahr im Januar ausgetragen wurde, war neben der Coppa Romana in Silvaplana das zweitgrösste in der Region und brachte jedes Jahr über zweiunddreissig Mannschaften nach Sils.

Er bestellte bei Daniel, der das Restaurant diesen Sommer neu übernommen hatte und hinter der Theke mit einem Hamburger kämpfte, eine Stange und machte ihm ein Zeichen, dass er noch eine Runde bringen solle.

Als Daniel mit der Bestellung an den Tisch kam, hatte die Diskussion die Obergrenze des Lautstärkepegels erreicht. Grund dafür war die Rampe der Posthaltestelle, die scheinbar zu lang war.

« Um diese Rampe kommt der Engadin-Bus unmöglich in einem Mal herum », ereiferte sich der Lastwagenchauffeur und Car-Unternehmer Gian. « Aber als ich das an der letzten Gemeindeversammlung erwähnte, wurde ich vom Vorstand nur ausgelacht. » Er zuckte mit den Schultern: « Aber was kann man anderes schon erwarten von diesen Büroheinis! »

« Ein guter Chauffeur schafft das », meinte Gisep, der Filialleiter der Graubündner Kantonalbank. Er schaute Gian herausfordernd an. Gelächter übertönte das « Scusate » des Kellners. Er nahm einen zweiten Anlauf. Diesmal hatte er Erfolg. Er stellte das Tablett mit der Bestellung auf den Tisch und teilte die Getränke aus. Während er die leeren Gläser abräumte, gab er den fragenden Gästen den Spender bekannt.

«Danke, Kommissar!», scherzte Men Parli.

Niemand getraute sich zu lachen über Mens Seitenhieb. Gubler und Parli stiessen miteinander an. Einen kurzen Moment lang herrschte vollkommene Ruhe.

Fast schon magisch.

Der Postplatz wurde ad acta gelegt. Zumindest vorübergehend.

Der Eismeister und Werkhofchef Thomas Raschèr beendete die Ruhe. «Martin», sagte er zum Schmied aus dem Val Fex, «die Leiche vom Vadret da Fex ist identifiziert worden.»

Martin, der als äusserst schlagfertig bekannt war, schaute Raschèr an. «Ist das eine Frage oder eine Feststellung?», gab er ihm zur Antwort.

«Eine Feststellung.» Raschèr stand auf und ging zum Zeitungsständer, der an einer Holzstütze angeschraubt war. Er suchte die gestrige Ausgabe der *Engadiner Post*, fand sie aber nicht. «Daniel, hai ancora la *Engadiner Post* di ieri?»

«Vado a vedere.» Raschèr setzte sich wieder an den Tisch. «Gemäss Bericht handelt es sich um den seit Jahren vermissten Giovellai Pietro Fracassi», brachte er die Runde auf den neuesten Stand.

«Aha.» Martin nahm einen Schluck Calanda und schwieg. Vorerst.

Am Tisch entbrannte sofort eine Diskussion.

Gubler war gespannt. Er hatte seit seinem Besuch bei Enea Cavelti in Chur nichts mehr von dem Fall gehört. Und den Bericht in der Zeitung hatte er nicht gelesen. Offenbar wusste niemand am Tisch, dass er es war, der die Leiche gefunden hatte. Er entschied sich, dasselbe zu tun wie Martin der Schmied, und schwieg.

Daniel war unterdessen mit der *Engadiner Post* von gestern hinter der Theke hervorgekommen und übergab die Zeitung dem Eismeister. Raschèr blätterte gezielt auf Seite sieben und begann, den Pressebericht laut vorzulesen.

Die kürzlich auf dem Vadret da Segl gefundene Leiche ist identifiziert worden. Gemäss Aussagen des Gemeindepräsidenten von Sils, Eros Tschumy, handelt es sich um den seit Jahren vermissten Pietro Fracassi.

Der Steinhauer der Cheva plattas da Fex galt seit 1962 als vermisst. Da kein Hinweis auf einen gewaltsamen Tod besteht, gehen die Behörden von einem Unfall aus. Die Untersuchungen wurden gemäss Angaben der Staatsanwaltschaft eingestellt. Der Gemeindevorstand zeige sich erleichtert, dass dieser Fall so schnell abgeschlossen worden sei. Gemäss Gemeindepräsident Tschumy habe man mit der Wohngemeinde des Toten Kontakt aufgenommen. Nichts spreche gegen eine reibungslose Rückführung der Leiche.

Raschèr wandte sich wieder an Martin. « Ist das alles ? », fragte er den Schmied.

« Was genau meinst du, Raschèr ? »

« Habt ihr von der Fundaziun Cheva plattas da Fex keine Nachforschungen angestellt, ob der arme Kerl noch eine Familie oder Verwandte hat ? » Er schob die Zeitung zu Martin rüber.

Dieser zuckte mit den Schultern, faltete die Zeitung zusammen und warf sie in die Mitte des Stammtisches. « Mehr als in diesem Bericht gibt es nicht zu sagen, Raschèr. » Er schaute auf die Uhr, nahm seine Geldbörse aus der Gesässtasche, klaubte eine Zehnernote hervor und erhob sich. « Ich muss gehen. Das Mittagessen wartet auf mich. Wenn ich nicht pünktlich bin, gibt es ein Donnerwetter. » Er legte die zehn Franken auf die Theke und verliess mit einem «Chau insembel» das Restaurant.

Aus der Runde ertönte Gelächter. «Chau tü Pantoffelheld», rief ihm einer hinterher.

Gubler hatte in der Zwischenzeit die Zeitung nochmals aufgeschlagen und las den Bericht zum zweiten Mal.

Raschèr schaute ihn an und wartete, bis dieser mit dem Lesen fertig war.

«Was meint der Kommissar aus Zürich zu dieser Sache?»

Gubler hielt dem fragenden Blick von Raschèr stand, bis sich dieser von Gubler abwandte und in die Runde schaute, in der Hoffnung, dass ein anderer auch eine Frage stellen würde.

Da niemand Anstalten machte, eine Diskussion zu eröffnen, ergriff Raschèr erneut das Wort: «Gubler, du warst doch den ganzen Sommer da oben. Hast du die Leiche nie gesehen?»

Da waren sie, diese dummen direkten Fragen. Wie sollte man darauf antworten? Gubler war überzeugt, dass alle am Tisch wussten oder zumindest ahnten, dass er die Leiche gefunden hatte. In einem kleinen Dorf wie Sils wussten immer alle alles. Das hatte er schnell gelernt. Er überlegte. Eigentlich blieb nur die Notlüge. Da aber im Bericht nichts davon geschrieben stand, wer die Leiche gefunden hatte, konnte er davon ausgehen, dass die Polizei die Identität des Entdeckers der Leiche verschwieg. Er dachte einen Moment nach und wägte ab, ob es besser war, zu schweigen oder sich als Finder der Leiche zu outen. Da er nicht mehr wusste, als in der Zeitung stand, entschloss er sich, in die Offensive zu gehen. «Doch», sagte er ruhig, nahm den letzten Schluck aus seinem Glas, machte ein Handzeichen zum Kellner und bestellte noch eine Stange.

«Bring uns noch eine Runde», rief Raschèr dem Wirt zu.

«Ich habe die Leiche auf dem Gletscher gefunden.»

Augenblicklich war es totenstill geworden. So still, dass man das Bier rauschen hörte, das durch den Zapfhahn in das Glas rann. Dieser Punkt ging ganz klar an Gubler. Keiner der Anwesenden machte Anstalten, eine nächste Frage zu stellen.

Er wartete, bis Daniel die Getränke gebracht hatte, und fuhr dann mit seinen Ausführungen fort. Er erzählte der Runde, wie er die Leiche gefunden hatte. Dass er mangels Batterieladung nicht telefonieren konnte und der heftige Sturm ihn zwang, zur Alp Muot Selvas zurückzukehren.

Über den Fund der Karabinerverschlüsse und des Liebesbriefs verlor er aber kein Wort. «Natürlich habe ich den Fund sofort der Kriminalpolizei in Chur gemeldet.»

Stille. Man konnte die berühmte Nadel hören, die auf den Boden fiel.

Doch dann brach sie los, die Lawine der Fragen und Vermutungen. Sofort machten die wildesten Theorien die Runde am Tisch. Gerüchte über Gehörtes und schon immer Gesagtes kamen zutage, und jeder wusste noch eine Anekdote mehr.

Gubler hörte konzentriert zu. Plötzlich liess er das leere Glas auf den Tisch fallen. «Entschuldigung.» Er zeigte auf das Glas. «Ist mir aus der Hand gerutscht.» Er blickte in die Runde: «Ihr glaubt also nicht an einen Unfall?»

«Doch, ein Unfall ist durchaus möglich», meinte Balser, der Koch vom Hotel Crestahof. Eigentlich war Balser schon weit über das Pensionsalter hinaus, stand aber immer noch jeden Tag hinter dem Herd. Men Parli hatte Gubler erzählt, dass die Arbeit das einzige sei, was dem verwitweten kinderlosen Balser geblieben war. Vor zehn Jahren hatte dessen Ehefrau den Kampf gegen ihre Krankheit aufgegeben und sich freiwillig aus dem Leben verabschiedet.

«Aber nach fünfzig Jahren spielt das ja auch keine Rolle mehr.» Balser erhob sich und machte sich auf den Heimweg.

Alle schauten ihm nach. Draussen vor dem Restaurant setzte er sich die Mütze auf und ging. Das Gehen fiel ihm schwer.

Raschèr unterbrach ein weiteres Mal die Stille: «Balser hat recht. Nach fünfzig Jahren spielt das keine Rolle mehr, aber dass Tschumy einmal mehr alles verschweigen will, ist doch typisch, oder nicht?»

Gian stimmte ihm zu, teilte mit, dass auch für ihn die Zeit zum Mittagessen gekommen war. «Posso pagare?», rief er dem Kellner zu.

Gubler musste noch etwas loswerden. Er schaute Raschèr an: «Thomas, hast du noch kurz Zeit für mich? Ich habe noch eine Frage.»

Gian erhob sich und klopfte Raschèr auf die Schulter. «Pass auf, Raschèr, dass du in dieser Sache nicht zum Verdächtigen wirst», lachte der Car-Unternehmer und verliess, mit dem Finger an die Stirn tippend, in Begleitung von Men Parli das Restaurant.

Gubler wartete, bis Gian gegangen war, und wandte sich dann an Raschèr. «Die Frage, die du Martin, dem Schmied, gestellt hast, lässt mir keine Ruhe.»

«Welche Frage meinst du, Gubler?»

«Ob die Fundaziun Cheva plattas da Fex nachgeforscht habe.»

«Ach so.» Raschèr machte eine Denkpause. «Gubler. Wenn nach fünfzig Jahren plötzlich eine Leiche auftaucht und sich herausstellt, dass es sich um den vermissten Giovellai Pietro Fracassi handelt, glaube ich einfach nicht, dass die Fundaziun kein Interesse hat zu erfahren, was dazumal passiert ist. Oder wie siehst du das, aus der Sicht eines Polizisten?»

Gubler gab ihm Recht. Er trank sein Glas leer. Gemeinsam verliessen sie das Restaurant.

«Du glaubst, die verschweigen etwas?», fragte Gubler.

«Bestimmt. Aber ich möchte mich nicht auf die Äste hinauswagen. Schliesslich bin ich ein Gemeindeangestellter.»

Gubler verstand nicht, was Raschèr mit dieser Aussage sagen wollte. «Was hat deine Anstellung mit dem Fund der Leiche zu tun, und was soll in diesem Fall deiner Meinung nach verschwiegen werden?»

Raschèr zog an seiner Krummen und blies den Rauch zum Himmel hoch. «Überleg doch. Eine Leiche wird nach über fünfzig Jahren gefunden, und so mir nichts, dir nichts wird die Akte geschlossen, kaum ist die Leiche im Tal.» Er machte eine Pause.

Gubler konnte ihm nicht folgen. «Sorry, Raschèr, aber ich habe keinen blassen Schimmer, was du meinst!»

«Gubler. Nach fünfzig Jahren wird eine Leiche à la Ötzi gefunden. Es stellt sich heraus, dass es sich um den vermissten Giovellai handelt, und niemand, weder die Fundaziun Cheva plattas da Fex noch die Gemeinde oder der Tourismusverein, nutzt dieses einmalige Ereignis.» Er drückte die Brissago im Aschenbecher aus, der am Lichtkandelaber des Tennisplatzes angebracht war. «Im Normalfall wird eine solche Gelegenheit marketingmässig ausgeschlachtet und sicher nicht totgeschwiegen. Ausser jemand verbietet die Nachforschung.»

Gubler überlegte. Die Argumente von Raschèr waren nicht von der Hand zu weisen. «Wo finde ich Martin, den Schmied?» fragte er.

«Nicht schwer. Nach der Pension Platta kommst du ziemlich schnell zu seiner Bude. Am Vormittag ist er meistens dort. Aber ich würde an einem anderen Ort mit den Nachforschungen ansetzen.» Raschèr schaute auf die Uhr, die am Sportplatzgebäude hing. «Ich muss gehen, das Mittagessen wartet.» Er steckte sich eine neue Brissago in den Mund. Seite an Seite überquerten sie den grünen Sportplatz. «Im nächsten Sommer wird auf diesem Platz die Kunsteisbahn gebaut», versuchte er das Thema zu wechseln.

Gubler erkannte die Finte. Er holte zur nächsten Frage aus, aber Raschèr kam ihm zuvor.

«Hast du schon gekocht?»

«Nein. Ich gehe in den Volg und hole mir eine Büchse Ravioli.»

«Ravioli?» Raschèr schüttelte den Kopf. «Hast du Lust auf Plain in pigna?»

Ein Stich durchfuhr Gubler. Plain in pigna, diese typische Engadiner Spezialität aus Kartoffeln und Salsiz, war das Lieblingsgericht seines Vaters gewesen. Plötzlich waren sie wieder da, die Gedanken an die unbeschwerten Jahre, die er als Kind in der wohlbehüteten Familie verbracht hatte. In der Blocksiedlung A l'En neben dem Golfplatz. Die schulfreien Nachmittage mit seinen Schulkollegen an den Golfseen. Sein erster Liebeskummer, weil Annina ihm mitteilte, dass sie in Andri verliebt sei.

«Ja oder nein?» Raschèr riss ihn aus seiner Vergangenheit.

«Natürlich habe ich Lust.»

«Dann komm mit. So, wie ich meine Erna kenne, hat sie sicher genug gekocht, auch für drei.»

Raschèr nahm sein Handy. Nach dreimal Läuten nahm Erna ab. «Chau chera. Prepara aunch'ün plat. Gubler vain eir a gianter.»[12] Er legte auf. «Überraschungen liebt meine Erna nicht. Aber jetzt ist es keine Überraschung mehr. Du bist angemeldet.» Beide lachten.

Raschèr wohnte im Elternhaus seiner Frau, das unmittelbar am Postplatz stand. Als sie am Gebäude der Graubündner Kantonalbank vorbeigingen, fuhr ein blauer Engadinbus dorfeinwärts. Gubler blieb stehen und schaute dem Bus zu. In zügigem Tempo fuhr der Gelenkbus um die Insel und hielt vor dem Eingang der Post an.

«Scheint mir keine so grosse Sache zu sein, diese Rampe», meinte er zu Raschèr.

«Ah bah.» Raschèr winkte ab. «Es ist immer dasselbe. Tschient umauns, tschient idejas.[13] Mir gefällt der neue Postplatz auch nicht, aber jetzt ist er da. In zwei Jahren spricht kein Mensch mehr darüber, und die wenigsten erinnern sich an den alten Platz», schloss er seine Ausführungen, als sie ins Haus traten. Der Duft aus der Küche erfüllte den ganzen Raum. Mit einem Hallo meldete er sich bei seiner Frau. Aus dem oberen Stock kam ein Hallo zurück, gefolgt von einem «Nu schmancher ils putschs!»[14]

Raschèr gab Gubler ein paar Hausschuhe mit der Aufschrift *Gäste*. «In diesem Punkt kennt meine Erna kein Pardon.» Er stieg vor Gubler die Treppe hinauf.

In der offenen Küche stand Erna hinter der Kochinsel, die sich mitten im Raum befand. Gubler war überrascht. Er hatte sich Erna ganz anders vorgestellt. Sie war eine attraktive Frau Anfang sechzig, die ihn fast um einen Kopf überragte. Die wachen Augen schauten ihn freundlich lachend an. Die Grübchen um die Nase verrieten, dass sie viel lachte. Sie wischte sich die Hände an der Schürze ab und begrüsste Gubler mit einem sanften Händedruck. Der Tisch war einfach, aber liebevoll gedeckt. Gubler setzte sich auf den Stuhl, den Erna für ihn vom Tisch wegzog. Er schaute sich in der Küche um. Alles deutete darauf hin, dass diese erst vor kurzem renoviert worden war. Am besten gefiel ihm der Boden. Er verstand, weshalb Erna auf das Tragen von Finken bestand.

Raschèr sah seine Bewunderung. «Fexerplatten», sagte er.

«Ich dachte, diese Platten wurden nur für die Dächer gebraucht.»

«Früher schon. Aber heute, da sie nicht mehr abgebaut werden, sind sie rar geworden. Sie sind begehrt und finden vor allem in Küchen und Hauseingängen eine neue Verwendung. Sie werden zu horrenden Preisen gehandelt. Auf die Dächer kommen heute Malencer Platten.»

Erna stellte ein grosse Schüssel Salat auf den Tisch und holte die Backform mit der Plain in pigna aus dem Ofen und füllte Gublers Teller.

Nach der Plain in pigna hatte Erna noch einen Kastanienkuchen serviert. Der war so gut, dass Gubler ganze drei Stücke davon gegessen hatte. Während Erna den Tisch abräumte und das schmutzige Geschirr in die Abwaschmaschine lud, nahm Gubler einen neuen Anlauf: Er fragte Raschèr nochmal, weshalb er der Meinung sei, dass in diesem Fall etwas vertuscht werde.

«Das dauert länger», war dessen Antwort. Er erhob sich und ging zum Kühlschrank. Mit zwei Gläsern, die bis zur Hälfte mit Eiswürfeln gefüllt waren, und einer Flasche Braulio kehrte er an den Tisch zurück. Während er die beiden Gläser zu zwei Dritteln auffüllte, begann er zu erzählen. Gubler holte sein Notizbuch aus der Hosentasche hervor.

«Tschumy», sagte Raschèr nach dem ersten Schluck Braulio.

«Tschumy?»

«Ja, Tschumy, der Gemeindepräsident. Der setzt alles daran, dass alles, was im Zusammenhang mit der Cheva in Verbindung steht, totgeschwiegen wird.»

«Und warum?»

«Die Fassade der Familie darf keine Risse bekommen, und die dunkle Vergangenheit der Tschumys soll für immer ruhen.»

Er erzählte Gubler, dass der Grossvater des heutigen Gemeindepräsidenten aus dem Glarnerland nach Sils gekommen war und eine Bauunternehmung gegründet hatte. Der Abbau und der Handel mit den Steinplatten aus dem Steinbruch in der Val Fex war ein wichtiges Standbein für die junge Firma, die immer grösser und erfolgreicher wurde. Aber es waren keine zwei Jahre vergangen, da hatte das «Zigermandli», wie er in Sils genannt wurde, die ersten Probleme mit der Behörde. Gerüchte über Schmuggelei, die nie nachgewiesen wurden, machten die Runde. Auch gab es keine handfesten Beweise über vermutete krumme Geschäfte. Sein Sohn, «Tschumy der Zweite», übernahm kurz nach seiner Lehre das Baugeschäft und war bis zur Schliessung der Cheva der eigentliche «Besitzer» des Steinbruches. In den späten Vierzigerjahren hatte er einen grösseren Prozess am Hals. Er wurde wegen *ungesetzlicher Beförderung von Personen* verurteilt. Sein Vater, das «Zigermandli», hatte enge politische Beziehungen bis in die obersten Etagen der Politik und konnte die Gefängnisstrafe seines Sohnes in eine hohe Geldbusse umwandeln. Gegen welches Gesetz «Tschumy der Zweite» verstossen hatte, wurde nie bekannt. Und «der letzte Tschumy» (dies der «Kosename» des Gemeindepräsidenten) versuchte mit allen Kräften und den ihm zur Verfügung stehenden Mitteln, das Geheimnis der Familie zu wahren. Die Restauration des Steinbruches war ihm da natürlich ein Dorn im Auge, und er trachtete verbissen danach, die Idee des Fördervereins, die Cheva wieder instand zu stellen, zu boykottieren. Nachdem er aber hatte einsehen müssen, dass sich die Rekonstruktion nicht verhindern liess, schaffte er es, mit gütiger Hilfe seines Amtes, dass der Förderverein seinem Baugeschäft den Auftrag erteilte, die Cheva zu renovieren. Alles schien, einmal mehr, ganz nach seinen Plänen zu laufen. Es kam noch besser. Irgendwie gelang es «dem letzten Tschumy», sich als Retter der Cheva plattas da Fex darzustellen. Er wurde nie müde und nutzte jede Gelegenheit, die Wichtigkeit des Steinbruches für Sils zu erwähnen. Raschèr machte eine Pause. «Alles läuft nach seinen Vorstellungen, bis ein Schafhirte und freigestellter Kommissar eine Gletscherleiche entdeckt. Als sich dann auch noch herausstellt, dass es sich bei dem Toten um den seit fünfzig Jahren vermissten Giovellai Pietro Fracassi handelt, ist die Kacke am Dampfen.» Er schaute auf die Uhr und machte ein Zeichen, dass er gehen musste. «Mach dich bereit, Gubler. Solltest du dich entschlossen haben, den wahren Todesgrund des armen Pietro Fracassi herauszufinden, wirst du früher oder später die Ehre haben, Bekanntschaft mit dem Gemeindepräsidenten zu machen.» Er erhob sich und verabschiedete sich von Erna. «Die Pflicht ruft.»

Gubler schloss sein Notizbuch und erhob sich ebenfalls. Er bedankte sich bei Erna und lobte ein weiteres Mal ihre Kochkünste. Dass sie beinahe so gut waren wie die seiner Mutter, behielt er für sich.

Kurz vor vierzehn Uhr verliessen sie das Haus am Postplatz. Vor dem Tourismusbüro verabschiedeten sie sich. Raschèr machte sich auf zum Werkhof. Gubler entschied sich, einen kurzen Abstecher in die Biblioteca Engiadinaisa zu machen.

Vor der Chesa Jöri blieb er stehen. Er schaute durch das vom Autoverkehr vollgespritzte Schaufenster.

Hinter der schmutzigen Scheibe waren Steinplatten und verschiedene andere Artikel aus der Cheva plattas da Fex ausgestellt. Neben einem Keramikteller in der rechten Ecke des Fensters stand eine Tafel. Unter dem Titel *Die Cheva ist erwacht* bekam der interessierte Leser Auskunft über die Meilensteine rund um die Wiederherstellungsarbeiten der Cheva. In der linken Ecke hing ein Plakat, das auf den Tag der offenen Tür vom kommenden Samstag hinwies. Am Ende der Information waren die Telefonnummer von Rico Barnöv für die Anmeldung und weitere Fragen vermerkt.

Gubler suchte nach seinem Notizbuch und fand den eingeschriebenen Brief, den er vor dem Mittagessen abgeholt hatte. Während er den Namen und die Telefonnummer von Rico Barnöv auf die Rückseite des Kuverts notierte, musste er dem hupenden Postauto Platz machen, das sich durch die enge Gasse zwängte.

Bei der Residenz Grusaida bog er links ab und marschierte Richtung Bootshaus. Die Sonne hatte die Herbstluft angenehm aufgewärmt. Er entschied sich spontan, nicht den direkten Weg zur Biblioteca zu nehmen. Beim Bootshaus angekommen setzte er sich auf eine Bank und genoss die wärmende Herbstsonne. Das Licht über dem Silsersee war zu dieser Jahreszeit unbeschreiblich. Er holte den Brief aus Zürich hervor und riss ihn auf.

Zürich, 23. 09. 2022

Sehr geehrter Herr Gubler
In der Beilage senden wir Ihnen den Entscheid der Personalkommission der Stadtpolizei Zürich im Zusammenhang mit der sofortigen Freistellung und Eröffnung des Strafverfahrens im Fall 2022–0011–65.

Am 01. 02. 2022 wurde gegen Sie im oben erwähnten Fall Strafanzeige erstattet, was zur sofortigen Freistellung führte.

Bis zum definitiven Urteil in der Strafsache gilt die Unschuldsvermutung, weshalb der Lohn inklusive Sozialleistungen weiterhin bezahlt werden.

Wir bitten um Kenntnisnahme.
Für die Personalkommission

Gubler steckte den Brief zurück in das Kuvert. Er wusste nicht, was er davon halten sollte. Vor allem hatte er keine Lust, sich in dieser Sache den Kopf zu zerbrechen. Er war überzeugt, dass sich das Blatt zu seinen Gunsten wenden würde. Die Nachricht, dass er seinen Lohn weiterhin bekommen sollte, freute ihn natürlich.

Er schaute auf die Uhr. Auf seine neue Gesundheitsuhr. Ein Geschenk von Hanna. Er drückte auf den seitlich angebrachten Knöpfen herum. Schrittzähler, Kalorienverbrauch, Temperaturmesser, Kalender, Höhenmeter, Kontakte und, und, und. Nach mehreren Versuchen fand er endlich die Zeitanzeige. Dreizehn Uhr fünfundvierzig.

Er nahm sein Handy und wählte die Nummer von Enea Cavelti. Dieses Mal liess er es läuten.

«Kantonspolizei Hauptsitz Chur, mein Name ist ...»

«Allegra, Frau Maissen. Hier ist Kommissar Gubler. Kann ich bitte mit Enea Cavelti sprechen?»

«Guten Tag, Herr Gubler. Einen Moment bitte, ich verbinde.» Im Telefon war eine Ouvertüre von Bach zu hören. Die Musik in seinem Ohr und die Aussicht auf den Piz Margna waren in diesem Moment fast magisch. Er hoffte, dass Cavelti nicht sofort abnehmen würde. Sein Wunsch wurde nicht erfüllt. Cavelti unterbrach die Idylle.

«Chau Alessandro. Ich nehme an, du rufst wegen der Gletscherleiche an. Hast du den Bericht in der *Engadiner Post* gelesen?»

«Chau Enea.» Er liebte die direkte Kommunikation von Cavelti.

«Was willst du wissen?»

«Auf Grund welcher Fakten ist der Fall abgeschlossen worden?» Gubler pokerte: «Mangels Beweisen wohl kaum.»

«Doch, letztendlich schon.»

«Wie bitte. Machst du Witze? Die gefundenen Gewehrverschlüsse und die zerschossene Schulter haben keine Hinweise geliefert, dass es eventuell kein Unfall war?»

Cavelti blieb stumm.

Gubler wartete.

«Du weisst, dass ich dir nichts sagen darf.» Cavelti tat sich schwer. «Aber wie ich hörte, bist du nicht untätig gewesen.»

«Ja, ich habe zwei, drei Nachforschungen angestellt. Und deren Erkenntnisse lassen darauf schliessen, dass in diesem Fall etwas verschwiegen werden soll.» Er wusste, dass er von Cavelti keine Antwort erwarten konnte. «Enea, ich glaube, es war kein Unfall.»

«Der Glaube hilft dir in solchen Fällen nicht weiter, Gubler.»

«Ach, komm schon. Ich denke ...»

Cavelti unterbrach ihn: «Für ein Verbrechen sind die Beweise, sagen wir einmal, wackelig.»

«Aber», Gubler liess nicht locker, «es gibt Hinweise in diese Richtung?»

«Alessandro. Ich darf dir keine Auskunft geben.»

«Enea, nur noch eine Frage.»

«Alessandro, keine Fragen mehr. Wir haben morgen den jährlichen Regionen-Rapport. Ich muss los.» Cavelti verabschiedete sich höflich, aber bestimmt.

Gubler konnte es nicht glauben. Hatte er sich so in Cavelti getäuscht? Was war hier los? Weshalb wollte niemand über diesen Fall sprechen? Er war putzhässig. So wollte er sich nicht abspeisen lassen. Ihm war klar, dass Cavelti einem freigestellten Kommissar aus Zürich keine Informationen geben durfte. Aber so einfach liess sich Gubler nicht abweisen. Er war in seinem Stolz, gelinde gesagt, gekränkt. Als er Cavelts Nummer erneut wählen wollte, sah er die Nachricht: *Nachtessen im Hotel Julier in Silvaplana? Enea.*

Gubler antwortete, überrascht von der Nachricht: *ok!*

18:00 an der Bar?

Gubler tippte nochmal: *ok!*

Er verstaute das Handy. Offenbar wollte ihm Cavelti doch helfen. Er schaute auf den See. Eine wohltuende Ruhe überkam ihn.

Er machte sich auf den Weg zur Biblioteca Engiadinaisa. Er liebte Bibliotheken, und die von Sils hatte es ihm besonders angetan. Der Steinbruch und die Erläuterungen von Raschèr über das Schmuggelgeschäft liessen ihm keine Ruhe. Er wollte sehen, ob er in der Bibliothek etwas über dieses dunkle Kapitel in der Schweizer Geschichte finden würde.

Er suchte nach Dokumenten, bis er von einer Mitarbeiterin freundlich aufgefordert wurde, das Haus langsam zu verlassen, da sie heute früher schliessen würden. Er schaute auf die Uhr. Siebzehn Uhr. Mit der Gratisbroschüre *Über die weisse Grenze. Schmuggel im Val Fex* begab er sich auf den Heimweg. Zuhause angekommen nutzte er die verbleibende Zeit, sich auf das Treffen mit Cavelti vorzubereiten.

Um halb sechs bestieg er den Bus bei der Haltestelle Seglias Ausgang Sils und fuhr mit der Buslinie sechs bis zur Haltestelle Camping in Silvaplana. Dort verliess er den Bus und ging den fünfminütigen Weg bis zum Hotel Julier zu Fuss. Er hatte es nicht eilig. Er sprach eine Nachricht auf Hannas Anrufbeantworter: «Ich komme nicht zum Nachtessen. Treffe mich mit Cavelti. Bis später. Liebe dich.» Er musste schmunzeln, als er überlegte, wann er sich zum letzten Mal bei einer

Frau abgemeldet hatte. Er konnte sich nicht erinnern. Aber es war ein gutes Gefühl.

Er wurde am Hoteleingang von einer jungen Frau, die in einer zu engen Tiroler Tracht steckte, begrüsst. «Allegra. Kann ich Ihnen helfen?» Die junge Frau lachte ihn freundlich an.

Gubler grüsste ebenfalls. Er fragte sich, weshalb die Rezeptionistin in einer Tiroler Tracht steckte. Wahrscheinlich war die Engadiner Tracht aus Wolle einfach zu warm.

«Ja. Ich suche die Bar», sagte er, als er bemerkte, dass die Mitarbeiterin etwas verlegen auf eine Antwort von ihm wartete.

«Gleich nach der Garderobe rechts.»

Er lächelte zurück und folgte der Wegbeschreibung.

Die Bar war schwach besetzt. Um diese Zeit waren die Gäste wohl auf ihren Zimmern, um sich vor dem Nachtessen frischzumachen. Er setzte sich an einen kleinen Tisch ganz hinten in einer Ecke.

«Guten Abend. Wollen Sie sich nicht an den Kamin setzen?», fragte ein grossgewachsener, schlaksiger Kellner und drückte ihm eine Getränkekarte in die Hand.

Gubler winkte ab. «Bringen Sie mir ein Mineralwasser bitte.»

«Valserwasser oder Passugger?»

«Valser.»

«Mit oder ohne Kohlensäure?»

«Ohne, bitte.»

«Fünfunddreissig Deziliter oder einen halben Liter?»

Gubler war froh, dass er nichts Komplizierteres bestellt hatte.

«Bringen Sie uns eine Literflasche.» Cavelti setzte sich an Gublers Tisch.

«Tut mir leid», bedauerte der Kellner, «wir haben nur Fünfundsiebzig-Deziliter-Flaschen.»

«Ja, da kann man wohl nichts machen, oder?», fragte Cavelti ihn scherzend.

«Nein, tut mir leid.» Er verstand Caveltis Humor nicht.

«Dann bringen Sie das, was Sie haben, und eine Flasche Completer von Cotinelli.»

Der Kellner nickte und machte sich auf, die Bestellung zu holen.

Sie begrüssten sich. Cavelti legte die *NZZ*, die er unter die rechte Achsel geklemmt hatte, auf den kleinen Tisch. Der übliche Smalltalk begann, bis der Kellner mit den Getränken und einer Schale Pommes-Chips kam.

Cavelti und Gubler prosteten sich zu.

Gubler ergriff das Wort. Smalltalk war aus seiner Sicht verlorene Zeit. «Also, Enea», er lehnte sich vor. «Was darfst du mir sagen und was darfst du mir nicht sagen?»

Cavelti suchte den Augenkontakt mit Gubler. Dieser war völlig ruhig, kein bisschen Nervosität war bei ihm zu spüren.

«Gubler. Deine Art gefällt mir», machte Cavelti ihm ein Kompliment. «Mein Angebot, bei uns zu arbeiten, steht immer noch.»

«Hab ich nicht vergessen», wich Gubler geschickt aus. «Mal sehen, was die Zukunft bringt.»

Cavelti zeigte auf die *NZZ* vor ihm auf dem Tisch. «Interessanter Artikel in der heutigen Ausgabe.»

«Ich habe keine Lust, Zeitung zu lesen, Enea. Mich interessieren die Fakten zum Fall Gletscherleiche.»

Cavelti erhob sich. «Ich gehe einchecken. Wenn ich zurück bin, möchte ich die *NZZ* zurück, und zwar genau so, wie ich sie dir überlassen habe.» Er klopfte mit der Faust auf den Tisch und ging.

Gubler schaute ihm nach. Er nahm die Zeitung und öffnete sie. Im Sportteil steckte eine blaue Mappe. Darin befanden sich verschiedene Klarsichthüllen, alle sauber angeschrieben.

Akten Pietro Fracassi, Chiesa IT, geboren am 16. 04. 1934 / Vermisst
Einvernahmeprotokoll: Domenico Castelli, Sesto Branca, Salvatore Goccia, Primo Salvetti, Mario Zerri, Daniele Gerosi.
Einvernahmeprotokoll: Gemeindebehörde Sils / Tschumy Fridolin Vertretung Cheva Fex
Bericht KRIPO Silvaplana 18. 02. 1962
Akten / Aussergewöhnlicher Todesfall – Leichenfund / Vadret da Segl

Er blätterte sich durch die Akten und überflog die Protokolle. Er machte sich Notizen und fotografierte einzelne Dokumente mit seinem Handy. Von der Rezeption hörte er Caveltis Stimme. Er legte alles zurück, faltete die Zeitung zusammen und schob sie wieder in die Mitte des Tisches.

Cavelti betrat die Bar, gefolgt vom Besitzer des Hotels. Während der Hotelier die Gäste in der mittlerweile halbvollen Bar begrüsste, setzte sich Cavelti wieder zu Gubler. Wortlos nahm er die *NZZ*, liess sie in der mitgebrachten braunen Aktenmappe verschwinden und prostete Gubler zu. Dieser nickte dankend.

Kurz darauf kam der Hotelier an ihren Tisch und stellte sich Gubler im schönsten Bernerdeutsch mit «I bi de Fäbu» vor. Cavelti machte ihm ein einladendes Zeichen, sich zu ihnen zu setzen.

«Nimmst du auch ein Glas mit uns, Fabian?», fragte ihn Cavelti.

Fabian nickte dankend und rief dem Kellner zu, er solle ihm bitte ein Glas bringen. Der Hotelier war vor zwanzig Jahren für eine Wintersaison als Snowboardlehrer aus dem Berner Oberland nach Silvaplana gekommen. Aus einer Wintersaison wurden weitere, und vor zehn Jahren konnte er das renovierungsbedürftige Hotel aus einem Nachlass erwerben. Im letzten Jahr wurde er in den Gemeindevorstand gewählt und war damit zu einem «fast Einheimischen» mutiert.

Gubler war froh, dass sich Cavelti und Fabian nach den Informationsminuten «Wer bin ich» in ein angeregtes Gespräch über eine mögliche winter- und sommersichere Strassenverbindung zwischen Sils und Maloja vertieften. Er musste seine Gedanken sortieren. Das wenige, was er in den Unterlagen gelesen hatte, liess ihm keine Ruhe.

Kurz vor zwei Uhr stieg er in das von der Rezeption bestellte Taxi. Beim Kreisel Föglias in Sils bat er den Taxifahrer anzuhalten. Er musste noch ein Stück zu Fuss gehen. Seine Gedanken fuhren Achterbahn. Er dachte an das Gespräch mit Cavelti über die Gletscherleiche. Cavelti war der gleichen Meinung wie er und glaubte auch nicht an einen Unfall. Aber er konnte nichts mehr tun. Der Fall war von der Staatsanwaltschaft abgeschlossen und als erledigt erklärt worden. Trotz aller Ungereimtheiten. Cavelti empfahl Gubler, den Fall ruhen zu lassen.

«Alessandro, lass es bleiben. Es sind zu viele Jahre vergangen. Ich glaube nicht, dass du noch lebende Personen in Sils finden wirst, die sich an den Fall erinnern.»

«In Sils vielleicht nicht», gab Gubler trocken zur Antwort.

Cavelti schüttelte den Kopf. «Ich sehe, du hast dich festgebissen.» Er gab auf: «In diesem Fall kannst du keine Hilfe von mir erwarten.»

Zuhause angekommen zog Gubler sich im Wohnzimmer aus. Er wollte Hanna nicht wecken. Mit Unterhose und T-Shirt bekleidet ging er ins Schlafzimmer und kroch zu ihr ins warme Bett. Ihre tiefen Atemzüge verrieten ihm, dass sie im Tiefschlaf war. Er kuschelte sich an sie und versuchte die Gedanken aus seinem Kopf zu scheuchen. Es blieb bei einem Versuch. Er drehte sich im Bett hin und her. Er konnte nicht einschlafen. Es nützte nichts. Gubler kroch aus dem Bett. Leise schlich er in die Küche und setzte Wasser auf. Er öffnete alle Schubladen und Kästen. In der zweitletzten Schublade fand er das Teesortiment. Er entschied sich für Kamille.

Er stieg auf den Barhocker an der Küchentheke und schaute sich auf dem Handy die Protokolle an, die er fotografiert hatte. Das Telefondisplay war zu mühsam. Er schickte die Daten auf seine E-Mail-Adresse. Als er sein Laptop öffnete, ertönte das *Pling* des Wasserkochers. Er goss das Wasser in die Tasse, da ertönte ein zweites *Pling*. Das E-Mail war angekommen.

Er las alle Protokolle durch und machte sich immer wieder Notizen und Skizzen. Vertieft in die alten Dokumente vergass er seinen Kamillentee und fiel fast vom Hocker, als er hinter sich Hanna hörte, die ihm «Guten Morgen» ins Ohr hauchte.

Er drehte sich zu ihr um und nahm sie in die Arme.

«Entschuldigung. Habe ich dich geweckt?»

«Nein. Es ist halb sechs. Ich habe Frühdienst.»

«Halb sechs?» Er schaute erstaunt auf die Uhr. Dann schloss er den Laptop und stieg vom Stuhl hinunter. «Hast du noch Zeit für einen Kaffee?» Er schaltete die Maschine ein.

«Ja, gerne.»

Während Hanna ihr Birchermüesli ass und den Kaffee trank, erzählte er ihr die Ereignisse des gestrigen Abends und vergass auch nicht, den eingeschriebenen Brief der Staatsanwaltschaft Zürich zu erwähnen.

Hanna war eine aufmerksame Zuhörerin.

«Was meinst du? Soll ich den Fall ruhen lassen, wie es mir Cavelti empfohlen hat, oder soll ich mich ein bisschen umhören?»

«Was meint der Kommissar Gubler mit ‹ein bisschen umhören›?», wollte sie wissen.

«Das bedeutet nichts anderes als das, was das Wort umhören sagt.»

Sie stand auf und stellte ihr Geschirr in die Spülmaschine. Sie nahm ein grosses Glas Erdbeer-Joghurt aus dem Kühlschrank und eine Packung Dar-Vida aus dem Speiseschrank und verstaute alles in ihrer Umhängetasche. Als sie fertig war, kam sie auf ihn zu und meinte mit ruhiger, aber bestimmter Stimme: «Ich nehme an, für das Umhören braucht es auch Fragen. Im Weiteren sehe ich», sie zeigte auf seine Notizen, die auf dem Tisch verteilt lagen, «dass du dir bereits einen Plan zurechtgelegt hast.» Sie sah ihn an. «Ich kenne dich noch nicht so lange, aber doch schon so gut, dass ich weiss, dass dich dieser Fall nicht in Ruhe lässt.» Sie strich ihm über die zerzausten Haare. «Geh duschen und dann mach dich an die Arbeit. Du bist ja sozusagen arbeitslos.» Lachend gab sie ihm einen Kuss. «Bis heute Abend.»

Er schaute ihr nach. Kurz darauf kroch er nochmal ins Bett. Er aktivierte die gewünschte Alarmzeit an seinem Handy und schlief sofort ein.

Um halb elf ertönte der Wecker. Gubler sprang aus dem Bett. Unter der Dusche stellte er sich seinen Tagesplan zusammen. Als Erstes musste er nochmal mit Blarer telefonieren. Er hoffte, dass er den Gerichtsmediziner morgen, wenn er in Zürich war, besuchen konnte. Und dann wollte er Martin, den

Schmied aus dem Val Fex, kontaktieren. Irgendetwas sagte ihm, dass dieser mehr wusste, als er sagen wollte.

Sein Handy klingelte. Er stieg aus der Dusche und kleidete sich an. Vergeblich versuchte er, mit Gel seine Haare zu zähmen. Er googelte nach einem Coiffeurgeschäft in Sils. Die Auswahl war nicht gross. *Coiffeur Patrizia, Via da Fex* spuckte die Suchmaschine aus. Er notierte sich die Telefonnummer. Dann sah er auf das Display. Der verpasste Anruf kam von Mia. Er drückte auf *Verbinden.* Nach zwei Mal Läuten nahm Mia ab.

«Hallo, Alessandro. Sorry wegen der Störung. Ich hoffe, ich habe dich nicht geweckt», entschuldigte sie sich.

«Nein, kein Problem. Aber du hast recht. Bin noch nicht so lange auf den Beinen. Wie geht es dir?»

«Nicht gut.»

«Schiess los, wo drückt der Schuh?»

«Bist du in nächster Zeit in Zürich?»

«Ja. Morgen. Ich brauche Kleider. So, wie es aussieht, bleibe ich noch eine Zeit lang hier im Engadin.» Er machte eine Pause. «Warum fragst du? Ich hoffe, du kündigst nicht deinen Job als Hauswartin.»

«Nein, im Gegenteil. Ich weiss nicht, wo ich beginnen soll.» Ihre Stimme zitterte.

«Was ist los, Mia? Gibt es Stunk mit der Arbeit?»

«Nein.»

Ihm fiel ein Stein vom Herzen. Er wusste, was es hiess, im Job ein Problem zu haben. Bei der täglichen Polizeiarbeit konnte immer etwas Unerfreuliches passieren. Ihm kamen unzählige Fälle in den Sinn.

«Ich suche eine Wohnung.»

«Für wen?»

«Für mich. Ich habe mich von Hansueli, diesem Idioten, getrennt!»

Endlich, dachte Gubler. Mias Freund war ihm nie sympathisch gewesen. Zwar musste er zugestehen, dass Hansuelis beruflicher Erfolg durchaus bemerkenswert war. Dieser hatte sich in der Finanzwelt bis zum *vice director* hochgearbeitet (oder raufgemogelt, wie es Gubler nannte). Aber die Art, wie er seinen Reichtum zur Schau stellte, passte Gubler nicht. «Wirf diesen Loser doch aus der Wohnung!»

«Nicht lustig, Gubler. Die Wohnung gehört ihm.»

«Ja, dann wird es natürlich schwierig.»

«Eben. Alessandro, ich brauche eine neue Bleibe. Nur vorübergehend, bis ich eine Wohnung gefunden habe.»

Er verstand sofort: «Mia, du kannst vorübergehend meine Wohnung haben.»

Er hörte Mia erleichtert aufatmen: «Danke, Gubler.» Sie hatte sich wieder gefangen. «Wann bist du in Zürich? Ich hole dich am Bahnhof ab.»

«Ich schreib dir, wenn ich in Chur in den Zug steige.»

«Okay, Gubler. Hast was gut bei mir.»

«Schon gut, Mia. Bis morgen.» Er drückte den Anruf weg.

Gutgelaunt verliess er kurz vor Mittag die Wohnung. Er steuerte das Restorant Muot Marias an. Er hoffte, den Schmied im Restaurant anzutreffen oder wenigstens jemanden, den er nach der Telefonnummer von Martin fragen konnte. Leider war niemand im Restaurant, der ihm helfen konnte. Er entschied sich, den Schmied aufs Geratewohl zu besuchen.

Gubler hatte den Drög, den oberen Schluchtweg, hinter sich gelassen. Nach dem Anstieg wurde der Weg etwas flacher. Links und rechts säumten in losen Abständen bewirtschaftete und umgebaute Bauernhöfe den Weg. Die Sonne schien mit voller Kraft. Er schwitzte und zog die Jacke aus. Welch ein

Kontrast, dachte er sich, während er sich die Jacke um den Bauch band. Gestern noch hatten ihm der Nebel und eine kalte Brise in Zürich die Laune vermiest, und heute genoss er den tiefblauen Himmel und die wärmende Sonne.

Er ging den gestrigen Tag nochmal in Gedanken durch.

Nachdem er mit Mia die Details über die Untervermietung geregelt hatte, stattete er Dr. Blarer einen Besuch ab. Er wollte die Meinung des Gerichtsmediziners hören, ob eine solche Verletzung an der Schulter der Gletscherleiche von einem Karabiner 31 stammen konnte. Dass die gefundenen Verschlüsse zum alten Schweizer Sturmgewehr passten, hatte er den Unterlagen Caveltis entnommen. Der Karabiner, der den Schweizer Soldaten als persönliche Waffe gedient hatte und in den Sechzigerjahren durch das Sturmgewehr 57 ersetzt worden war, war auch als Waffe der Scharfschützen zum Einsatz gekommen. Für diesen Zweck war der Karabiner zusätzlich mit einem Zielfernrohr ausgerüstet worden. Nach der Ausmusterung fand die Waffe eine neue Verwendung als Sport- und Jagdgewehr. Unter Jägern war das umgebaute Gewehr besonders beliebt, da dessen Schussweite bei fünfhundert bis sechshundert Metern lag.

Auf der Rückreise von Zürich nach Sils hatte er alle Akten und Notizen, die er im Büro von Marco Pol ausgedruckt und kopiert hatte, erneut studiert. Für Gubler war es offensichtlich: In diesem Fall wurde etwas verschwiegen. Er musste herausfinden, was vor fünfzig Jahren auf dem Vadret da Segl geschehen war.

Gutgelaunt war er mittlerweile an Martins Werkstatt angekommen. Die Tür stand offen. Martin stand schwitzend mit einem Winkelschleifer mitten im Raum und werkte funkensprühend an einem Balkenmäher herum. Als er Gubler erblickte, zog er das Kabel aus der Steckdose. Das Werkzeug verstummte. Er wischte sich den Schweiss von der Stirn, was eine schwarze Spur auf seinem Gesicht hinterliess. «Alles klar, Herr Kommissar?», begrüsste er ihn augenzwinkernd.

«Danke, alles bestens», antwortete Gubler, während der Schmied zur Esse ging und ein etwa dreissig Zentimeter langes Eisenstück aus dem Feuer zog.

«Was wird das?» Gubler zeigte fragend auf das glühende Metallstück.

«Ein Damastmesser», murmelte Martin und nahm einen grossen Hammer zur Hand. «Schliess die Tür!», schrie er Gubler zu, während er das Eisen mit gezielten Schlägen bearbeitete. Immer wieder legte er den Rohling ins Feuer, zog ihn, sobald dieser rotglühend erhitzt war, heraus und hämmerte weiter. Diesen Vorgang wiederholte er wieder und wieder, ohne ein Wort zu sprechen.

Gubler schaute ihm fasziniert zu. Für ihn war die Schmiedekunst das edelste Handwerk, und er dachte an das Buch, das er über die Waffenschmiede aus dem Mittelalter gelesen hatte.

Mit einem lauten «Yes» nahm Martin schliesslich eine Stahlbürste und reinigte den Rohling. Er öffnete einen Ofen, kontrollierte die Temperatur auf der Digitalanzeige, drehte an einem Rädchen, legte das Werkstück hinein und schloss die Klappe. Er zog eine Savonnette aus seinem Gilet und schaute auf das Zifferblatt. «Eine Stunde abkühlen», erklärte er Gubler. «Rivella?»

«Ja, gerne.»

Martin drückte ihm eine braune Petflasche in die Hand. «Viva.»

«Ein Messer soll das also werden, wenn es fertig ist?», fragte Gubler auf den Ofen zeigend.

«Nicht soll. Es wird eines! Ein Damastmesser!» Martin nahm den letzten Schluck aus der Plastikflasche, drückte sie zusammen und warf sie in hohem Bogen durch die Werkstatt, direkt in einen Holzbehälter mit der Aufschrift *Rüzcha*. «Ein Kundenauftrag.»

Gubler entschloss sich, einen Umweg über das Damastmesser zu machen, bevor er Martin mit seinen Fragen über die Gletscherleiche konfrontierte. «Kundenauftrag? Das wird eine Einzelanfertigung?»

«Alles sind Einzelanfertigungen. Ganz nach den Wünschen der zukünftigen Besitzer.» Martin holte eine zweite Flasche Rivella Rot aus dem Kühlschrank und leerte diese in einem Zug bis zur Hälfte. «Dieser Kunde zum Beispiel wünscht sich den Griff aus altem Arvenholz.»

Gubler schaute sich das Messer an, das der Schmied ihm in die Hand gedrückt hatte. «Darf ich dich etwas fragen?»

Martin zuckte mit den Schultern.

«Was ist ein Damastmesser?»

Martin musste lachen. «Ich habe mit einer ganz anderen Frage gerechnet, Gubler.»

«Die kommt noch! Aber zuerst erklär mir, was ein Damastmesser ist.»

Er erfuhr, dass bei diesem Messer verschiedene Stahlarten mit unterschiedlichen Härtegraden miteinander zu einem Block zusammengeschweisst, erhitzt und mit einer Walze geglättet werden. Dieser Vorgang musste mehrmals wiederholt werden.

Martin war in seinem Element und erklärte Gubler alle weiteren Schritte.

Ein lauter Pfeifton ertönte. Martin öffnete den Ofen und nahm das Messer mit einer Feuerzange heraus. Er begutachtete das Werk von allen Seiten. Er schien mit dem Resultat zufrieden zu sein. «Das war's. Den Feinschliff mache ich zuhause.»

Er legte das Messer in einen Kessel mit brauner, schmieriger Flüssigkeit. Nach etwa zwei Minuten nahm er es wieder heraus, wischte es mit einem Knäuel Holzwolle sauber und legte es auf den Amboss. Er zog seine Lederschürze aus und wusch sich die Hände mit Sandseife.

Gubler betrachtete die wellenartig ineinander verschmelzende Struktur, die auf dem Messer zu sehen war.

«Der besondere Glanz kommt erst nach der Politur mit Hilfe der Kreide zur Geltung.» Martin nahm das Messer vom Amboss und verliess die Werkstatt. «Willst du hierbleiben?», fragte er den in Gedanken versunkenen Gubler.

«Nein. Entschuldige.»

Martin schloss die Werkstatt, nahm sein Fahrrad und schob es die Strasse entlang.

Schweigend liefen sie nebeneinander her, als Martin plötzlich stehen blieb. «Wegen dem Damastmesser bist du nicht zu mir gekommen, Gubler.»

«Nein. Ich habe Fragen zur Gletscherleiche.»

«Dachte ich mir.»

«Was weisst du über diesen Fall?»

«Nichts.»

«Komm schon, Martin», sagte Gubler mit deutlich strengerer Stimme.

Martin schaute ihn an. «Gubler, hör mir genau zu. Wenn ich dir sage, ich weiss nichts, dann ist das so. Seit sie diese Leiche auf dem Gletscher geborgen haben, ist der Teufel los. Es vergeht kein Tag, an dem nicht irgendeine Zeitung anruft, und letzte Woche wollte ein TV-Sender aus Deutschland ein Interview mit mir machen.» Er machte eine verächtliche Handbewegung. «Wenn du etwas erfahren willst, musst du Rico Barnöv oder Curò Perini fragen.» Martin setzte sich wieder in Bewegung.

«Rico Barnöv kenne ich», sagte Gubler, «das ist der, der die Dorfführungen macht, oder?»

«Genau der. Er ist auch im Vorstand der Stiftung Cheva plattas da Fex. Er kennt die ganze Geschichte und alle Details.»

«Und wer ist der andere, den du genannt hast?» Gubler hatte den Namen vergessen.

«Curò Perini. Der Anwalt. Er hat eine Broschüre über die Schmuggler im Oberengadin und Bergell geschrieben. Die beiden musst du fragen, nicht mich.»

Gubler wurde hellhörig. Schmuggler im Oberengadin. Er erinnerte sich an die Aussage des Steinhauers Daniele Gerosi im Protokoll der Einvernahme, die er von Cavelti erhalten hatte: *Schmuggelgeschäfte machten wir alle. Das war nichts Ungewöhnliches. Aber es gab Leute, die haben es übertrieben.*
«Und wo finde ich diesen Perini?»

«In seinem Maiensäss im Bergell oder in seinem Wohnhaus in Sils Baselgia.»

Mittlerweile waren sie an Martins Haus angekommen. Aus dem Küchenfenster drang der Geruch von frischem Schokoladekuchen.

«Hast du noch Lust auf einen Kaffee?»

Gubler nahm die Einladung dankend an.

Während Martin sein Fahrrad im Heustall versorgte, dachte Gubler über die letzten zwei Stunden nach. Er war sich sicher, dass Martin etwas verheimlichte. Aber was? Mit dem Schmuggel konnte er selber nichts zu tun haben. Dafür war er zu jung. Als die Cheva aufgegeben wurde, war Martin noch nicht einmal geboren. Aber vielleicht sein Vater oder Grossvater? Er beschloss, auch dieser Spur nachzugehen.

Nachdem Gubler Martins Hof verlassen hatte, lief er nochmal taleinwärts zurück. Vor der Chesa Pool bog er rechts ab.

Er hatte sich entschieden, den Heimweg über den unteren Schluchtweg zu nehmen.

Zuhause angekommen holte er sich ein Bier aus dem Kühlschrank und verkroch sich in seinem provisorischen Ermittlungsbüro, das er mit Hannas Einwilligung im Gästezimmer eingerichtet hatte.

An der Wand hing ein grosses, weisses Blatt. Mit verschiedenen Farben waren darauf Notizen und Zeichnungen angebracht. Auf einem zweiten, kleineren Papier standen alle Namen der Beteiligten, inklusive Telefonnummern und Adressen, sofern ihm diese bekannt waren.

Auf einem alten Holztisch, den er sich von Men Parli ausgeliehen hatte, lagen alle Akten, die er fotografiert und ausgedruckt hatte.

Er massierte sich mit Daumen und Zeigefinger die Unterlippe, während er die beiden Plakate an der Wand studierte. Er überlegte sich, wen er zuerst anrufen beziehungsweise besuchen sollte. Die Unterlagen gaben ihm bis jetzt keinen klaren Hinweis, in welche Richtung er ermitteln sollte. Der Brief, den er bei Pietro gefunden hatte, wies auf eine Liebesgeschichte hin. Die Gewehrverschlüsse konnte er mit den Schmuggelgeschäften in Verbindung bringen. Und die zerfetzte Schulter? An diesem Punkt grübelte er intensiv. Der Gerichtsmediziner wies die Verletzung eindeutig einer Schussverletzung zu. Gubler nahm den roten Filzstift und notierte die Namen von Tschumy und Martin auf das grosse Blatt. Neben die Namen setzte er ein grosses Fragezeichen. Darunter zeichnete er ein Rechteck und schrieb die Frage «Was haben diese beiden Familien zu verbergen?» in das Kästchen. Er war gereizt. Ein Zustand, den er von sich kannte, wenn er nicht weiterkam. Im Normalfall hätte er sich in einer solchen Situation mit seinen Kollegen und Kolleginnen austauschen können. Aber jetzt war er auf sich allein gestellt. Er nahm die

Einvernahme-Protokolle von 1962 zur Hand und suchte in den Aussagen der Giovellai nach Hinweisen, die Tschumys oder Martins Familie belasteten. Er konnte nichts finden. Sein lautes «Merda» hallte durch den Raum.

«Alles gut bei dir?» Hanna klopfte an die Zimmertür.

Er erschrak. Er war so vertieft in seine Nachforschungen gewesen, dass er gar nicht bemerkt hatte, dass sie nach Hause gekommen war.

«Alles gut. Komm rein.» Hanna öffnete die Tür. «Bist du schon lange hier?», fragte er sie.

«Nein, gerade gekommen.»

«Wie spät ist es?» Er suchte sein Handy.

«Halb fünf.»

«Schon so früh Feierabend?»

«Schon? Ich hatte Frühdienst.»

«Frühdienst. Ach so.»

«Lass mich in Ruhe, du Scherzkeks. Nachtessen?»

«Ich lade dich auf eine Pizza ein», schlug Gubler vor.

«Einverstanden!»

«Ich reserviere einen Tisch in der Pizzeria Riva al Lej.»

«Ich geh duschen.»

Hanna war bestimmt für eine halbe Stunde im Badezimmer beschäftigt.

Er trennte sein Handy vom Stromkabel, wählte die Nummer der Pizzeria und bestellte einen Tisch für zwei. Er ging zurück in sein Büro und rief Cavelti an. Nach dem zehnten Läuten wollte er schon auflegen, als sich Cavelti meldete.

«Hallo, Alessandro. Ich war am anderen Telefon besetzt.»

«Kein Problem.» Gubler atmete tief ein. «Enea. Ich kenne deine Position im Fall Gletscherleiche. Ich brauche aber, sagen wir, eine moralische Unterstützung. Jemanden, mit dem ich mich austauschen kann.»

Auf der anderen Seite wurde es still.

«Enea, bist du noch da?»

«Ja. Ich bin am Überlegen, und das mache ich meistens ohne Worte», seufzte Cavelti.

«Sorry.» Gubler wartete.

«Ich bespreche den Fall mit Riedi. Er wird sich bei dir melden.» Cavelti verabschiedete sich.

«Danke, Enea.»

Cavelti hatte schon aufgelegt.

Die Pizzeria war wie immer gut besucht. Eine angenehme Unterhaltung war wegen des Lärmpegels fast nicht möglich.

Umso mehr genoss Gubler die Ruhe, als er und Hanna anschliessend der Fedacla entlang nach Hause spazierten. Der Weg führte dank dem Einsatz der Pro Lej da Segl, die sich die Wahrung der Schönheit und Einmaligkeit der Oberengadiner Seenlandschaft sowie den Schutz vor übermässigen Immissionen aller Art zum Ziel gesetzt hatte, durch eine unberührte Auenlandschaft.

Nach einem halbstündigen Fussmarsch kamen sie zu Hause an. Gubler legte sich auf das Sofa und schaltete den Fernseher ein. Sein zielloses Zappen wurde durch eine Frage aus der Küche unterbrochen: «Wie kommst du mit deinen Ermittlungen voran?» Hanna brachte ihm eine Tasse Tee.

«Es harzt.»

«Haben dich die Akten nicht weitergebracht?» Sie setzte sich ihm gegenüber auf den Sessel und legte ihre Füsse auf seine Beine.

«Doch, da gibt es einige Ungereimtheiten. Vor allem bei den alten Protokollen.» Er schaltete den Fernseher stumm. «Ich habe Cavelti nochmal um Hilfe gebeten.»

«Und?»

«Mal schauen, was sich ergibt.» Er nahm einen Schluck Tee. «Ich war heute bei Martin, dem Schmied im Fex.»

«Und?»

«Er wisse nichts. Aber ich glaube ihm nicht.» Gubler stellte die Tasse ab. «Kennst du Thomas Raschèr, den Eismeister?»

«Natürlich kenne ich ihn.»

«Er scheint vom Gemeindepräsidenten nicht sonderlich angetan zu sein.»

«Ist das so? Hat er etwas erzählt?»

«Ja. Er meint, dass der Tschumy im Fall Gletscherleiche etwas verheimlicht. Ein Geheimnis, das, wenn es zutage komme, das Ansehen der Familie zerstöre.»

Hanna gab keine Antwort. Gubler schaute sie fragend an.

«Raschèr ist kein Ungerader. Aber ich denke, er hat einen Vorfall, der vor Jahren in der Werkgruppe geschehen ist, immer noch nicht ganz verdaut.» Sie schaute auf die Uhr. «Mehr weiss ich aber nicht.»

Gubler schaltete den Ton des Fernsehgerätes wieder ein. Sie hörten, den Tee trinkend, nur mit mässigem Interesse dem Virologen zu, der die neuesten Covid-Zahlen erläuterte.

Nach der Wettervorhersage, die für das Engadin einen weiteren wunderschönen Herbsttag versprach, stand Hanna auf. Sie drückte Gubler einen Kuss auf die Stirn. «Ich bin müde. Kommst du auch ins Bett?»

«Gleich.»

«Also bis gleich, Kommissar.» Sie verschwand mit einem frechen Hüftschwung ins Schlafzimmer.

Er stand ebenfalls auf, machte aber noch einen Abstecher in sein Büro. Nachdenklich betrachtete er die Plakate. Er nahm einen Bleistift und schrieb den Namen des Gemeindepräsidenten auf das zweite Blatt mit dem Vermerk *Kontaktieren.* Nach einer weiteren Denkpause zupfte er einen gelben

Notizzettel aus dem Halter, schrieb den Namen *Curò Perini* darauf und klebte ihn auf sein Handy. Die Batterie war bereits wieder leer. Es wird Zeit für ein neues Telefon, dachte er sich zum hundertsten Mal und steckte das Handy an das Stromnetz. Er löschte das Licht und verliess das Büro. Er hoffte, dass Hanna noch nicht schlief.

Gubler sass am Küchentisch. Hanna hatte das Haus bereits verlassen. Mit einer Tasse Kaffee in der Hand trat er auf den Balkon. Die aufgehende Sonne beleuchtete die Muot'Ota. Das rot verfärbte Gras im Kontrast mit den gelben Lärchen und dem blauen Himmel wirkte schon fast kitschig. Am Morgen war es zu dieser Jahreszeit empfindlich kalt, am Tag konnten die Temperaturen jedoch noch bis an die vierzehn Grad hochklettern. Er ging zurück in die Wohnung und schlug die *Engadiner Post* auf. Während er seinen Kaffee fertigtrank, blätterte er das Lokalblatt durch. Eine ganze Doppelseite war der Bündner Hochjagd gewidmet. Das Pro- und das Contra-Lager versuchten, mit Berichten die Wähler für die bevorstehende Abstimmung *Nein zum sinnlosen Schlachten* auf ihre Seite zu bringen. Während er den Bericht halb interessiert überflog, läutete im Büro sein Handy.

Es war Kommissar Riedi. Gubler nahm ab. Riedi legte los. Nach fünf Minuten war das einseitige Gespräch beendet. Fazit: Er konnte auf Riedis Hilfe zählen.

Er ging ins Badezimmer. Der Besuch bei Perini stand an.

Gubler überquerte auf Hannas Fahrrad den Fussgängerstreifen beim Kreisel zur Dorfeinfahrt und bog anschliessend links ab. Er musste kräftig in die Pedale treten. Der Malojawind blies ihm heftig entgegen. An Perinis Haus angekommen lehnte er das Fahrrad an den Gartenzaun. Er drückte die Klingel an der Eingangstür. Keine Reaktion. Er wartete. Er klingelte ein zweites Mal. Wieder nichts. Er schaute auf die

Uhr: kurz nach elf. Er wollte schon gehen, als sich Perini durch die Gegensprechanlage doch noch meldete.

«Schi, hallo. Chi voul qualchosa da me?»[15]

«Guten Morgen, Herr Perini. Mein Name ist Gubler. Alessandro Gubler. Haben Sie einen Moment Zeit für mich?»

«Gubler? Ich kenne keinen Gubler!»

«Kommissar Gubler.»

Von der anderen Seite kam keine Antwort.

«Oder ...», er unternahm einen neuen Versuch, «der Schafhirte aus der Val Fex.»

Ein erlösendes Summen öffnete die Eingangstür. Er trat ein.

Auf der linken Seite befand sich eine Art Aufenthaltsraum, rechts sah er eine verspiegelte Glastür. Während er wartete, schlug im oberen Stock eine Tür zu.

Ein älterer Mann mit weissen Haaren, Gubler schätzte ihn auf siebzig Jahre, kam die Treppe herunter und musterte ihn. Nein. Er scannte ihn regelrecht. «Sie sind also der freigestellte Kommissar!» Perini reichte ihm die Hand. «Curò.»

«Alessandro.» Gubler konnte sich ein Schmunzeln nicht verkneifen. «Ich schliesse aus der eben gemachten Bemerkung, dass dir der Name Gubler doch etwas sagt!»

«Am Rande!»

Ihm fielen sofort Perinis wachsame Augen auf, die auch eine grosse Portion Schalk versprühten.

«Wie kann ich dir helfen?»

Gubler schaute Perini in die Augen und kratzte sich am Kopf. «Darf ich dir eine Frage stellen?» Er nahm die Einladung zum Du als positives Zeichen.

«Warum nicht. Wenn du die Antwort nicht scheust.»

«Mit welchen Fragen sollte ein freigestellter Kommissar, den ein abgeschlossener Fall nicht in Ruhe lässt, am besten anfangen?» Gubler nahm die Broschüre über die Schmuggler aus seiner Jacke und streckte sie Perini entgegen.

Dieser nahm die von ihm geschriebene Broschüre. Er verstand den Wink. Er öffnete die Tür zum Aufenthaltsraum, der sich als ehemaliges Büro entpuppte.

Perini setzte sich auf den Drehstuhl und bot Gubler einen Ball als Sitzgelegenheit an. Gubler konnte mit diesen ergonomischen Ballhockern nichts anfangen. Vor einigen Jahren hatte die Gesundheitsdirektion der Stadt Zürich die glorreiche Idee, alle Verwaltungsbüros mit solchen blödsinnigen Geräten auszustatten. Alle normalen Bürostühle wurden durch Bälle ersetzt. Gubler hatte die grösste Mühe, auf diesem Fitnessgerät ruhig zu sitzen.

Perini schaute ihm amüsiert zu, wie er das Gleichgewicht suchte.

«Ich hasse diese Bälle», bemerkte Gubler.

«Ich auch», kam es trocken zurück.

Mit einem kritischen Blick forderte Perini ihn auf, seine Fragen zu stellen.

Gubler erzählte im Detail alles über den Fund der Gletscherleiche. Er machte auch keinen Hehl daraus, dass er die Untersuchungen von damals und den Abschluss der Staatsanwaltschaft nach dem Fund der Leiche für inakzeptabel hielt.

Perini hörte ihm aufmerksam zu.

«Ich glaube einfach nicht an einen Unfall», schloss Gubler seine Ausführungen.

Perini hatte sich inzwischen erhoben und blickte aus dem Fenster hinauf zum Piz Margna. «Cuntrabanda e commerzi d'armas», flüsterte er. Gubler begriff nicht, was er sagte.

«Entschuldige. Ich habe dich nicht verstanden.»

«Schmuggel und Waffenhandel», wiederholte Perini und wandte sich ihm zu. «Über den Schmuggel habe ich ausführlich geschrieben. Diese Broschüre ist eine Zusammenfassung meines Buches.» Er schloss das Heftchen und gab es Gubler zurück. «Über den Waffenhandel hingegen konnte ich zu wenig in Erfahrung bringen. Das Einzige, was ich herausgefunden habe, war, dass es einen regen Waffenhandel zwischen Silsern und Malencern gegeben hatte.» Er schaute wieder aus dem Fenster.

«Waffenhandel? Wie soll ich das verstehen?»

«Der Karabiner 31 wurde damals den Soldaten als persönliche Waffe abgegeben.»

Gubler kannte die Details, wollte Perini aber nicht unterbrechen.

«Ab 1958 wurde das Gewehr durch das Sturmgewehr 57 ersetzt. Einige nutzten den Karabiner später noch als Sportwaffe, andere als Jagdgewehr und andere wiederum merkten schnell, dass man damit auch Geld verdienen konnte.» Er legte eine Pause ein. Gubler machte sich Notizen. «Auch Nachforschungen im Val Malenco selber haben keine Erkenntnisse über Käufer oder Verkäufer gebracht. Hingegen wurde der Name Sesto Branca des Öfteren als möglicher Mittelsmann erwähnt.»

Der Name kam Gubler bekannt vor. Er blätterte in seinem Notizbuch und fand den entsprechenden Eintrag, den er beim Studium der Akten Caveltis vermerkt hatte: *Sesto Branca. Steinhauer in der Cheva. Galt als Einzelgänger. Machte keine Aussage zum Vorfall.* «Du meinst, es gibt einen Zusammenhang zwischen dem Tod von Pietro und diesem Sesto?»

«Nein. Der Waffenhandel war nur Tarnung. Der brachte zu wenig ein. Aber mit der Schmuggelei war durchaus viel Geld zu verdienen. Ich habe damals einen Antrag auf Akteneinsicht in diesem Zusammenhang gestellt. Die wurde mir aber verweigert.»

«Von wem?», wollte Gubler wissen.

«Das habe ich nie herausbekommen. Aber das Nein kam von oberster Stelle der Kantonsregierung.»

«Die Gletscherleiche hatte eine schwere Schulterverletzung, die von einer Gewehrkugel stammen könnte.»

«Eine tödliche Verletzung?»

«Kann nicht mit Sicherheit bestätigt werden, ist aber möglich.»

Perini entging Gublers Nachdenken nicht. «Die Waffenhändler kannst du als Täter ausschliessen.»

«Wenn die Waffenhändler nicht in Frage kommen, frage ich mich, wer sonst mit einem Karabiner auf einem Gletscher spazieren geht.»

«Froduleders», bemerkte Perini.

«Wilderer?»

«Ja, Wilderer. Es kam immer wieder vor, dass die Wilderer von Malenco über den Tremmogiapass bis in die Val Fex kamen, um dort Gämsen zu jagen.»

«Und diese Wilderer waren mit Karabinern und Zielfernrohren der Schweizer Armee unterwegs?», kombinierte Gubler.

«Ich war damals elf Jahre alt und erinnere mich an die Wutausbrüche meines Vaters. Einerseits über die Frechheit der Malencer, auf Silser Boden zu wildern, aber noch mehr ärgerte ihn, dass sie dies mit den verkauften Waffen aus Sils taten.» Perini hob die Schultern. «Aber was sollten die einheimischen Jäger machen? Der Waffenhandel war nicht illegal!»

«Wie, nicht illegal?»

«Es gab kein Verkaufsverbot für die Karabiner. Viele kauften sich diese Waffen, wie schon gesagt, für den privaten Gebrauch, und ab und zu war auch ein Malencer unter den Käufern.»

«Du meinst, Pietro ist einem Wilderer zum Opfer gefallen. Das kann ich nicht glauben. Er hatte Gewehrverschlüsse bei sich, die zum Karabiner 31 passten.» Gubler machte eine Pause, um Perini zu beobachten, und nahm die Unterhaltung wieder auf. «Die Waffenhändler könne ich ausschliessen, sagst du, und die Wilderer kommen für mich nicht infrage. Bleiben also noch die Steinhauer der Cheva.» Gubler wagte einen Schachzug: «Was kannst du mir über Tschumys Familie und die Beziehungen zur Cheva sagen?»

«Nichts, ausser dass die Tschumys den Steinbruch bis zur Schliessung betrieben haben.»

«Ich habe über eine Verurteilung im Zusammenhang mit ...», Gubler blätterte in seinem Notizblock, «mit Personentransport gehört.»

Perini schaute auf die Uhr. «Ja, die gab es, aber ohne Konsequenzen, wenn ich mich recht erinnern kann.» Gubler wollte die nächste Frage stellen, Perini liess dies aber nicht zu. «Jetzt muss ich dich rauswerfen, Gubler, so leid es mir tut. Heute ist Einkaufstag in der Migros in Samedan. Eine fixe Wochenpendenz meiner Frau ohne Verschiebungsmöglichkeit.» Er erhob sich. «Wenn du weitere Fragen hast, komm vorbei!» Er begleitete ihn zum Ausgang.

Gubler setzte sich gereizt auf sein Fahrrad und fuhr los. Was war hier los? Während er dorfeinwärts strampelte, fasste er die Gespräche der letzten Tage zusammen. Er kam zu einem Schluss: Sobald es um den Steinbruch ging, brachen die Gespräche ab oder niemand wollte etwas wissen.

Er brauchte ein Bier. Er fuhr zur Fuschina Bar.

Kurz nach zwölf verliess Gubler die Fuschina Bar. Er eilte in den Volg. Es blieben ihm noch zwei Minuten. Während der Saison war das Lebensmittelgeschäft von sieben Uhr in der Früh bis um neunzehn Uhr abends durchgehend geöffnet, aber in der Zwischensaison war ab Viertel nach zwölf Mittagspause bis um dreizehn Uhr. Mit einer Dose Büchsenravioli und einem Beutel Mischsalat inklusive italienischer Fertigsauce machte er sich auf den Nachhauseweg.

Während er sich die gewärmten Ravioli aus einer grossen Pfanne schmecken liess, holte er den alten Polizeibericht hervor, den er von Caveltis Akten abfotografiert hatte.

Polizeibericht in Sachen
Fracassi Pietro, italienischer Staatsangehöriger,
geboren 23. 01. 1933 in Chiesa/IT

Fracassi Pietro hielt sich am Donnerstag, den 15. 02. 1962, zusammen mit Branca Sesto, Goccia Salvatore, Salvetti Primo, Zerri Mario, Gerosi Daniele und Castelli Domenico (Letzterer der Cousin des Vermissten) im Steinbruch in der Val Fex auf. Um ca. 15.30 Uhr entbrannte zwischen dem später vermissten Fracassi und Castelli ein verbaler Streit. Der Grund des Streites konnte vom Polizisten Stupler nicht in Erfahrung gebracht werden. Der Zeuge Zerri Mario erwähnte bei seiner Einvernahme, dass der Streit mit einem Brief von Fracassi zusammenhing. Die Frage des Polizisten Stupler, ob ein Brief die Ursache für den Streit war, beantwortete Castelli wie folgt: «Ich weiss nichts von einem Brief.»

Um ca. 16.15 Uhr verliess Fracassi den Steinbruch Richtung Tremoggia-Pass mit Ziel Chiesa in Val Malenco / Italien.

Der Grund für seinen Aufbruch ist nicht bekannt.

Fracassi kannte den Weg über den Gletscher und war ortskundig. Goccia Salvatore erklärte als Zeuge, dass die von Fracassi gewählte Route wegen des starken Schneefalls zu gefährlich gewesen sei.

Fracassi ist in Chiesa nie angekommen. Am 21.02.1962 wurde auf dem Polizeiposten Silvaplana durch Castelli Domenico eine Vermisstmeldung aufgegeben.

Die Suche durch die Polizei Silvaplana und Bergführer des ortsansässigen SAC-Clubs blieben erfolglos.

Fracassi Pietro gilt als vermisst.

Silvaplana, 05. März 1962 / 11.25 Uhr

Hpt. Solèr

Gubler legte den Bericht beiseite, nahm die Pfanne und legte sie in den Spültrog. Er suchte sein Notizbuch. Er fand es unter seinem Aktenberg im Büro. Während er im Wohnzimmer den Fertigsalat ass, blätterte er darin. Er wischte sich die Salatsauce vom Mund und wählte die Telefonnummer von Rico Barnöv.

«Rico. Allegra.»

«Allegra, hier ist Gubler ...»

«Ich bin im Moment nicht erreichbar. Sprechen Sie eine Nachricht auf das Band. Ich melde mich.»

«Hier ist Gubler. Ich melde mich später nochmal», sprach er auf den Anrufbeantworter und legte auf.

Sein Handy klingelte.

«Gubler.»

«Rico Barnöv. Sie haben mich gesucht?», fragte eine erfrischende Stimme.

«Ja.» Gubler brachte die Salatschüssel in die Küche und ging dann ins Büro.

«Ich habe Ihre Nummer von Martin, dem Schmied, erhalten. Er sagte mir, Sie seien die richtige Person, wenn es um die Cheva plattas da Fex gehe.»

«Sind Sie Journalist?»

Gubler wusste nicht, was er antworten sollte. Denn was war er? Freigestellter Kommissar, Schafhirte oder ganz einfach Schnüffler? «Nein. Ich interessiere mich einfach für altes Kulturgut.»

«Ach so.»

«Und ich wollte fragen, ob ...»

«Ihr Name ist Gubler, sagten Sie?», kam es von der Gegenseite. «Sind Sie nicht der freigestellte Kommissar, der diesen Sommer als Schafhirte im Val Fex war und die Gletscherleiche gefunden hat?»

«Genau der bin ich.»

«Curò hat mich angerufen und gesagt, dass Sie Nachforschungen über die Leiche anstellen.»

«Ja, dann sind Sie ja bestens informiert. Haben Sie Zeit für mich? Ich habe ein paar Fragen.»

«Klar habe ich Zeit. Und es trifft sich wunderbar. Ich gehe morgen in die Cheva. Kommen Sie doch einfach mit! Wir treffen uns morgen um neun Uhr auf dem Dorfplatz.»

Gubler wollte sich bei Barnöv bedanken, als sich sein Handy verabschiedete. Der Akku war leer, bereits zum zweiten Mal an diesem Tag. Gubler steckte das Telefon an das Ladekabel und nahm die Akte Domenico Castelli zur Hand. Mit Jahrgang 1936 war er dazumal der Jüngste. Gubler rechnete. Domenico war, falls er noch lebte, über achtzig Jahre alt. Die anderen waren im Alter von Pietro oder älter. Die Wahrscheinlichkeit, dass noch einer der Männer am Leben war, schien ihm eher gering. Aber vielleicht gab es Nachkommen. Er machte sich eine Notiz: *Barnöv nach Nachkommen von Fracassi fragen.* Gubler schaltete sein Laptop ein und googelte *Chiesa Val Malenco.*

Cheva

Wie abgemacht stand Gubler kurz vor neun auf dem Dorfplatz. Er war zu früh. Während er die verschiedenen Informationen im Aushangkasten der Gemeinde überflog, fuhr ein grüner Jeep in hohem Tempo auf einen der beiden Parkplätze gegenüber dem Gemeindehaus. Ein untersetzter, leicht übergewichtiger Mann Mitte sechzig stieg aus dem Fahrzeug, hetzte ohne zu grüssen an ihm vorbei und verschwand in der Chesa cumünela.

Ihm kam der Mann bekannt vor, er konnte ihn aber nirgends einordnen. Erst die Reklameaufschrift am Jeep half ihm weiter. *Tschumy Bauunternehmung seit 1904.* Eros Tschumy, der Gemeindepräsident.

Ein kurzes Hupen riss ihn aus seinen Gedanken. Die Beifahrertür eines Subaru Justy öffnete sich, und daraus war die Stimme von Barnöv zu hören: «Bun di. Entschuldige die kurze Verspätung.» Gubler stieg ein. Barnöv gab ihm zur Begrüssung die Hand und brauste los.

«Rico.»

«Alessandro.»

«Eigentlich wollte ich mit dir zu Fuss gehen. Aber da die Plakate für unsere Ausstellung über die Schmuggler fertig geworden sind, habe ich das Auto genommen.» Rico musste eine Vollbremsung machen, da in der engen Kehrkurve unterhalb des Hotels Silserhof ein Pferdegespann auf sie zukam. Er kurbelte das Fenster herunter und schrie dem Kutscher ein «S-chüsa!» entgegen.

Der Kutscher winkte ihm freundlich entgegen. Barnöv legte den ersten Gang ein und würgte den Motor ab. «Versuchen wir es nochmal.» Lachend startete er den Motor und fuhr los. «Also leg los, Alessandro. Interessiert dich die Cheva oder das Leben der Steinhauer?»

«Beides», antwortete Gubler.

«Gut. Dann beginne ich mit der Cheva. Die Arbeiter, die damals die Cheva betrieben, waren ausschliesslich junge Italiener aus dem benachbarten Val Malenco. Sie kamen jeweils im November in die Cheva und blieben bis im März. Die Arbeit war äusserst hart. Bei Temperaturen von bis zu minus 25 Grad Kälte gruben die Giovellai das Gestein aus dem Berg Muot'Ota und verarbeiteten es zu Fexerplatten. Ab März wurde es zu warm. Die Platten liessen sich nicht mehr auf die gewünschte Dicke spalten und die Stollen stürzten ein. Die Giovellai kehrten wieder zurück in ihre Dörfer.»

Während Barnöv erzählte und immer wieder Fussgängern, Pferdekutschen und Fahrrädern Platz machen musste, erreichten sie das Hotel Fex. Er bog rechts ab und fuhr über die Brücke den Schotterweg hinauf zur Alp da Segl. Der Justy erwies sich als ideales Fahrzeug. Kurz vor der Alp hielt er an und legte den Rückwärtsgang ein. Er zirkelte den Subaru über einen kurvigen Waldweg bis vor ein Steinhaus. Sie stiegen aus.

«Das ist sie. Die Cheva plattas da Fex.» Der Stolz und die Ehrfurcht waren in seiner Stimme zu hören.

Barnöv holte den Schlüssel, der an einem grossen Metallring hing, hinter einer Felsplatte hervor und öffnete die Eingangstür zur Cheva. Ein muffiger Geruch wehte ihnen entgegen.

«Lassen wir zuerst frische Luft hinein!»

Er ging zurück zum Auto und öffnete den Kofferraum. Gubler half ihm beim Entladen.

Barnöv machte das Licht an. Eine Solaranlage sorgte für den nötigen Strom. «Hart und unfreundlich war die karge Unterkunft», rief Barnöv aus der Cheva. «In dieser kleinen, dunklen Stüva konnten die Giovellai kochen, essen und sich aufwärmen.» Er führte Gubler in einen Nebenraum, dort angekommen entfernte er ein Brett, das vor das Fenster montiert war. Licht strömte in den Raum. An den Wänden hingen Bilder und Informationstafeln: *Die weisse Grenze. Schmuggel im Val Fex.* Er ging weiter zu einer rustikalen Holztreppe und nickte mit dem Kopf nach oben: «Und da oben war das Schlaflager.» Sie stiegen hinauf. «Manchmal übernachteten bis zu 14 Männer in diesem Strohlager, und», er zeigte auf einen einfachen Holzofen, «dies war die einzige Wärmequelle.»

Gubler hatte die ganze Zeit kein einziges Wort gesagt. Er war fasziniert von Barnövs Erzählungen und seiner Leidenschaft für die Cheva. Er betrachtete einen Lederschuh, der über dem Bettlager hing. «Man kann sich heute kaum vorstellen, wie diese Leute mit der denkbar schlechten Bekleidung der Kälte trotzten.»

Barnöv nahm den Schuh von der Wand und streckte ihn Gubler entgegen. Es war ein ähnliches Modell, wie es die Gletscherleiche auch getragen hatte.

«Und nicht selten kam es vor, dass die Giovellai an einem Sonntag schnell den Pass überquerten, um ihre Familie oder ihre Liebste zu treffen, und am Montagmorgen waren sie alle wieder da.»

Gubler staunte immer mehr. Unwirklich erschienen ihm die Erzählungen von Barnöv. «Und die Männer verbrachten die ganzen Monate hier, rund um dieses Steinhaus und im Stollen?»

«Nicht ganz», antwortete Barnöv. «Von der Mentalität her passten diese jungen Männer ‹von drüben›, wie sie genannt wurden, sehr gut ins Val Fex. Sie konnten sich mit den ansässigen Bergeller Familien, denen das Fextal zum grössten Teil gehörte, gut verständigen. An gemeinsamen Abenden wurde viel gesungen und erzählt, Salami und Käse von zuhause verzehrt und dazu Wein und Kaffee getrunken, und es kam sogar zu vereinzelten Liebschaften.»

«Liebschaften?»

«Ja. Von mindestens einem Techtelmechtel wusste man Bescheid in Sils, und über eine zweite Liebschaft wurde immer wieder getuschelt.»

«Und über was wurde getuschelt?», fragte Gubler.

«Eine lustige Geschichte», lachte Barnöv.

«Lass hören!»

«Ein Giovellai soll in den Zwanzigerjahren die Gouvernante des Hotels Silserhof geschwängert haben.»

Gubler verstand nicht, was Rico damit sagen wollte. «Und was ist das Lustige an der Geschichte?»

«Dass die Gouvernante kein Wort Italienisch sprach, da sie aus Deutschland kam, und der Giovellai kein Wort Deutsch verstand.»

«Gewisse Momente können auch schweigend genossen werden.»

«Schon klar.»

«Und wie ging die Geschichte aus?»

«Es hiess, dass der Hotelier, übrigens ein hochangesehener Grandseigneur, nicht auf die Gouvernante verzichten wollte und gleichzeitig einen Kutscher brauchte.»

«Welch glückliche Fügung!»

«Aber eben, Gubler, ob sich das Ganze so zugetragen hat, wurde nie wirklich bestätigt.»

«Und andere Geschichten?»

«Unbestätigte Geschichten über die Wilderei und den Schmuggel natürlich waren das Einzige, was wir sonst noch in Erfahrung bringen konnten.»

«Unerlaubte Jagd? Was meinst du damit?» Gubler gab sich unwissend. Er verschwieg das Gespräch mit Perini bewusst, denn er war sich sicher, dass Rico Barnöv bereits bis ins Detail von Perini informiert worden war.

«Da das Gebiet ein geschützter Ort, ein Wildasyl, war, wurde es gerne von Jägern aus dem Val Malenco aufgesucht.»

«Und die waren mit dem Karabiner 31 und Zielfernrohr unterwegs!», bemerkte Gubler.

«Dafür gibt es keine Beweise. Aber es gibt Leute, die der festen Überzeugung sind, dass dem so war.»

«Was weisst du über Pietro Fracassi?» Gubler wechselte das Thema.

«Vor fünf Jahren begannen wir zu viert ein Projekt, um die Geschichte der Cheva zu erforschen und das Kleinod zu retten. Ich übernahm die Recherche über das Leben der Giovellai. Und da stiess ich natürlich auf die Geschichte von Pietro Fracassi.»

«Weisst du, ob es Nachkommen gibt, oder lebt noch einer der anderen Giovellai, Domenico Castelli vielleicht?», konnte Gubler sich nicht zurückhalten.

Barnöv schaute auf die Uhr. «Horca. Schon so spät? Wir müssen los. Ich habe noch eine Dorfführung. Ich erzähle dir den Rest der Geschichte auf dem Heimweg. Und wegen deiner Fragen: Mal sehen, ich muss zu Hause in meinen Unterlagen nachschauen.»

«Vielleicht findest du ja auch noch etwas über Chiara und das Kind, mit dem sie schwanger war.»

Auf dem Dorfplatz in Sils angekommen, wusste Gubler nicht mehr als das, was er aus den Akten schon kannte. Frustriert stieg er auf dem Dorfplatz aus dem Auto und verabschiedete sich von Barnöv, als er jemanden seinen Namen rufen hörte.

«He, Gubler. Warten Sie!» Tschumy, der Gemeindepräsident, kam die Treppe herunter. «Hören Sie.» Keuchend kam er auf Gubler zu. «Wir haben es nicht besonders gern, wenn von Auswärtigen in längst vergessenen Sachen herumgestochert wird. Man soll die Toten ruhen lassen.» Nach Luft schnappend fuhr er fort: «Übrigens, es freut mich, dass Sie in Sils wohnen. Noch mehr würde es mich aber freuen, wenn Sie sich auch noch anmelden würden!»

«Und die Schnauze halten!», sagte Gubler zu sich selbst. Tschumys Worte ignorierend reichte er dem Politiker die Hand. «Alessandro Gubler. Und Sie sind?»

Die Ohren waren die Organe, die bei Tschumy noch gut funktionierten, doch jetzt glaubte er nicht recht zu hören. «Was, wer ich bin?» Tschumy wurde bleich. «Ich bin der Gemeindepräsident und Vorstandsmitglied der Cheva!»

«Ach so. Freut mich», gab Gubler völlig ruhig zur Antwort. «Und was wollen Sie genau von mir?»

Tschumy war total von der Rolle. «Ich glaube, ich habe mich klar ausgedrückt, oder was haben Sie an ‹die Toten ruhen lassen› nicht verstanden?»

«Wollen Sie eine ausführliche oder eine kurze Antwort?», konterte Gubler.

Tschumy wähnte sich im falschen Film. Sein Ton wurde eine Stufe energischer. «Ich will gar keine Antwort.» Er wippte auf den Zehenspitzen, um sich grösser zu machen. «Ich verbiete Ihnen, sich in die Sache der Gletscherleiche weiter einzumischen! Wir brauchen keine frustrierten Polizisten, die sich beweisen wollen, und Pressefuzzis, die sensationsgeile Schnüffler in unser schönes Dorf locken!»

«Sie meinen, sich in Ihre heile Welt einmischen? Oder noch schlimmer: in Ihre Familienangelegenheiten?» Gubler hatte Lust bekommen, Tschumy zu reizen.

Dieser trat einen Schritt näher an ihn heran. Er musste zu Gubler hinaufschauen, da er einen ganzen Kopf kleiner war. Gubler musste schmunzeln, was Tschumy nicht übersah. «Passen Sie auf, Gubler. Sie bewegen sich auf dünnem Eis!»

«Soll ich das», Gubler schaute auf ihn herab, «als Drohung oder Warnung verstehen?»

«Suchen Sie es sich selber aus, Herr Kommissar!»

Gubler schaute ihm in die Augen. «Lieber Herr Tschumy. Ich werde dieses Gespräch zwischen uns als nicht geführt betrachten. Aber Sie können sicher sein, dass, falls ich Fragen zum Fall habe, ich auf Sie zurückkommen werde!» Ihm wurde schlagartig bewusst, dass er in ein Wespennest gestochen hatte, und sein Gefühl sagte ihm, dass er auf dem richtigen Weg war, um in diesem Fall weiterzukommen.

Tschumy platzte der Kragen. Mit hochrotem Kopf holte er tief Luft. «Gubler, das wird ein Nachspiel haben. Ich werde ...» Weiter kam er nicht, denn in dem Moment, als er die nächste Drohung aussprechen wollte, kam Raschèr auf sie zu. Frech nutzte Gubler die Gelegenheit: «Besten Dank, Eros, für das Gespräch. Ich melde mich bei dir!» Er verabschiedete sich mit einem Handzeichen von ihm.

Tschumy, komplett überrumpelt von Gublers Kühnheit, wusste nicht, wie ihm geschah.

Raschèr hatte den Vorfall mitbekommen und amüsierte sich köstlich. Tschumy stand wie ein begossener Pudel auf dem Dorfplatz und sah Gubler hinterher, der fröhlich pfeifend von dannen zog.

«Scheint ein harter Brocken zu sein, dieser Gubler», witzelte Raschèr.

«Ach, sei doch still», gab Tschumy genervt zur Antwort. «Der wird sich noch wundern.» Gedankenverloren marschierte er auf seinen kurzen Beinen Richtung Sportplatz.

Raschèr konnte sich ein Lachen nicht verkneifen. Er liess seiner guten Laune freien Lauf und begann ebenfalls zu pfeifen, während er Tschumy folgte.

Dieser warf ihm einen wütenden Blick zu, was Raschèr aber nicht im Geringsten beeindruckte.

Gublers Ehrgeiz war definitiv geweckt, und die ganze Wut, die sich seit Wochen wegen seiner Freistellung und dem Nichtweiterkommen im Fall Gletscherleiche angestaut hatte, entlud sich wie ein gewaltiger Dammbruch. Tschumy war der berühmte Tropfen, der das Fass zum Überlaufen gebracht hatte.

«Das wird ein Nachspiel haben! Fragt sich nur, für wen! Tschumy, du wirst den Gubler erst noch richtig kennenlernen, das verspreche ich dir!» Wütend kickte er einen Tannenzapfen, der in hohem Bogen ins Schaufenster des Sportgeschäftes Fanella knallte.

Die Verkäuferin, die im Fenster stand und mit der Dekoration einer Schaufensterpuppe beschäftigt war, erschrak so heftig, dass sie retour stolperte und sich am Boden unter der Plastikpuppe wiederfand.

«Scheisse!» Gubler stürmte in das Sportgeschäft und half der Frau auf die Beine.

«Entschuldigung, das tut mir leid. Haben Sie sich wehgetan?» Er blickte in zwei verständnislose Augen, die ihn fragten, was genau passiert sei. Er war froh, als er merkte, dass die Verkäuferin die Ursache ihres Sturzes nicht auf den Tannenzapfen zurückführte. «Haben Sie Bergschuhe?», fragte er verlegen.

«Natürlich. Du bist in einem Sportgeschäft», hörte er Räto, den Chef, rufen, der ebenfalls herbeigeeilt war, um der gestürzten Mitarbeiterin zu helfen. Als beide sicher waren, dass sie sich nicht verletzt hatte, gingen sie in die Schuhabteilung.

«Hab gesehen, dass du ein interessantes Gespräch mit unserem Baulöwen hattest.»

«Gibt es eigentlich so etwas wie Anonymität in diesem Dorf?», fragte Gubler immer noch genervt.

«Beruhige dich, Gubler. Schuhe kaufen ist genau das Richtige. Soll gut sein für die Nerven, behauptet jedenfalls meine Frau.»

Gubler betrachtete die Bergschuhe.

«Welche Grösse hast du?», fragte Räto.

«Dreiundvierzig.»

«An beiden Füssen?»

«Natürlich!»

«Ist nicht immer so.» Räto verschwand hinter einem Vorhang und tauchte Sekunden später mit einer Kartonschachtel wieder auf. «Scarpa Montagna, tiefseeblau, das neueste Modell.»

«Tiefseeblau?» Das konnten sich nur Marketingstrategen ausdenken. «In der Tiefe eines Sees sieht man höchstens schwarz.» Gubler schüttelte den Kopf. «Hast du auch was Neutrales?»

«Gubler, zieh sie an. Du wirst sie lieben!»

«Tiefseeblau? Echt jetzt?»

Gubler zog die Bergschuhe an. Sie fühlten sich gut an. Sehr sogar.

Räto nutzte seine Zufriedenheit. Er zog ein Paar Socken aus einem Verkaufsregal. «Merinowolle. Immer trockene Füsse und bestimmt keine Blasen mehr.» Er drückte ihm die Socken in die Hand.

Gubler musste lachen. «Spezielle Schuhbändel brauche ich aber nicht für tiefseeblaue Bergschuhe?»

«Nein, aber Einlegesohlen. Diese messen wir noch aus und passen sie an deine Füsse an.» Gubler zog die Schuhe aus und betrachtete sie.

«Nimm sie mit, zieh sie an und lass sie eine Stunde angezogen. Morgen kommst du wieder, und dann zeige ich dir die konventionellen, neutralen.»

Räto verstaute die Schuhe und die Socken in einer Papiertasche und begleitete ihn zum Ausgang, wo er einen amerikanischen Touristen begrüsste, der das Sportgeschäft betrat.

Überrumpelt von Rätos Verkaufstalent verliess Gubler den Laden. Er wollte sofort herausfinden, ob Räto recht bekommen sollte oder ob sein Versprechen «Du wirst sie lieben» nur ein Verkaufsslogan war.

Zuhause angekommen zog er die Bergschuhe an und stellte sich vor den Spiegel. «Tiefseeblau!» Kopfschüttelnd wanderte er in sein Büro, holte den Bericht der Staatsanwaltschaft vom Aktenstapel und begann zu lesen.

Ungewöhnlicher Leichenfund.
Am 15.08.2022 meldete A. Gubler dem Polizeiposten in Silvaplana telefonisch, dass er im Gebiet Vadret da Segl auf menschliche Überreste gestossen sei.
Der Fundort befindet sich im Val Fex bei der Örtlichkeit Vadret da Segl. Dabei handelt es sich um ein Seitental oberhalb von Sils, welches zum Gemeindegebiet Sils gehört. Wegen schlechtem Wetter konnte der Leichnam erst am 18.08. 2022 anhand der genannten Koordinaten auf dem Gletscher aufgefunden werden.

Nach Übermittlung der ersten Fotoaufnahmen durch den Protokollierenden wurde mit der Staatsanwaltschaft Kontakt aufgenommen. Diese gab die Leiche am 18.08.2022 um 17.15 Uhr zur Bergung frei. Um 18.30 Uhr flog der kriminaltechnische Dienst mit der Heli Bernina vor Ort. Dort konnte ein menschlicher Leichnam aufgefunden werden. Im Weiteren fand man 2 Meter davon entfernt das Magazin eines Karabiners 31.

Die Spurensicherung wurde vor Ort durch den kriminaltechnischen Dienst durchgeführt. Die Leiche wurde mittels

Helikopter um 20.18 Uhr ins Tal geflogen und im Auftrag des Staatsanwaltes dem IRM Chur zugeführt.

Angaben zur Leiche konnten keine gemacht werden.

Am 25. 09. 2022 wurden am Institut für Rechtsmedizin in Chur die menschlichen Überreste der Gletscherleiche «Vadret Segl» analysiert. Nach Untersuchung und Altersbestimmung des Knochenmaterials und Abklärung des Zahnstatus sowie unter Berücksichtigung des Fundorts und der erhaltenen Kleidung besteht kein objektiver Zweifel daran, dass es sich bei den untersuchten menschlichen Überresten um die des vermissten Herrn Pietro Fracassi handelt.

Gemäss der Auskunft von Interpol Rom ergaben die Abklärungen, dass keine näheren Angehörigen vorhanden sind.

Ergebnis

Am 05. 03. 1962 gab Domenico Castelli aus Chiesa beim Polizeiposten in Silvaplana eine Vermisstenmeldung auf. Vermisst wurde Fracassi Pietro, italienischer Staatsangehöriger, ebenfalls aus Chiesa, Val Malenco. Der Vermisste hatte die Absicht, über den Passo di Tremoggia nach Chiesa zu gelangen. Am Zielort ist er aber nie eingetroffen und wurde seitdem vermisst.

Der Leichnam wurde am 15. 08. 2022 im Val Fex durch A. Gubler gefunden.

Todesursache und Todesart

Gemäss dem Gutachter des Institutes für Rechtsmedizin konnten kaum Befunde einer relevanten Gewalteinwirkung nachgewiesen werden. Allerdings lässt sich anhand der festgestellten Brüche des Schulterblattes ein Brustkorbtrauma ableiten. Die genaue Todesursache konnte anhand der erhobenen Befunde jedoch nicht festgestellt werden.

Todesursache und Todesart müssen somit offenbleiben.

Der Fall ist abgeschlossen.

Staatsanwaltschaft Graubünden.

Verärgert warf Gubler den Bericht auf die Küchentheke. Er konnte es immer noch nicht glauben, was er jetzt schon zum dritten Mal gelesen hatte. «Es konnten kaum Befunde einer relevanten Gewalteinwirkung nachgewiesen werden!», fluchte er sich den Frust von der Seele. Er hatte seinen eigenen Ausdruck für diese Momente geschaffen: «Unterteppichwischertaktik.»

Im Schlafzimmer stellte er sich vor den Schrankspiegel. Seine Füsse fühlten sich wohl in den neuen Schuhen. Er zuckte mit den Schultern. «An die Farbe kann man sich gewöhnen!» Seine Laune besserte sich allmählich wieder.

Zurück im Büro wählte er die Nummer von Kommissar Riedi.

«Kantonspolizei Graubünden. Riedi.»

«Chau Eugen. Hier ist Gubler. Hast du fünf Minuten Zeit für mich?»

«Einen Moment bitte.» Gubler hörte, wie die Tür ins Schloss fiel.

«Chau Gubler. Jetzt kann ich reden. Schiess los.»

Gubler nahm das Protokoll mit den gelb markierten Stellen zur Hand und löcherte Riedi mit seinen Fragen.

Val Malenco

Hanna und Gubler sassen vor der Cheva plattas da Fex. Die Sonne stand am höchsten Punkt des Tages und schien vom stahlblauen Himmel auf die beiden hinunter. Es war ein wunderbarer Herbsttag. Barnöv kam mit einer Wanderkarte, die er auf dem Tisch ausbreitete. Der starke Talwind blies die Karte davon. Hanna nahm vier Steine vom Boden und legte sie auf die Ecken der Karte.

Barnöv zeichnete mit einem Bleistift eine Linie auf die Karte. «Wenn es schnell gehen musste, nahmen sie diesen Weg. La Diretissima.»

Gubler drehte die Karte und studierte den gezeichneten Weg.

«Pietro Fracassi hatte sich ganz sicher auch für diese Route, für den direkten Weg, entschieden», fuhr Barnöv fort.

Gubler stutzte. «Kann ich bitte den Stift haben?» Er machte ein Kreuz auf die Karte, wo er die Gletscherleiche gefunden hatte. Er war kein Spezialist im Kartenlesen. Doch wenn das stimmen sollte und Fracassi die Diretissima genommen hatte, war der Fundort ziemlich weit von der Route entfernt, die Barnöv markiert hatte. Er zeigte auf das Kreuz. «Dann ist er aber ziemlich weit vom Weg abgekommen», dachte er laut. «Und das Wetter war gemäss damaligem Bericht beim Aufbruch von Fracassi noch nicht so schlecht, dass er sich so stark verlaufen konnte.» Er schaute Barnöv fragend an.

Dieser überlegte: «Du hast recht. Aber ich habe keine Erklärung dafür, weshalb er die gewohnte Route verlassen haben könnte.»

«Aber irgendetwas hat ihn veranlasst, es zu tun», sinnierte Gubler. Eine innere Unruhe erfasste ihn. Er kramte den

Zettel aus der Hosentasche, den er vorhin von Barnöv erhalten hatte: *Domenico Castelli, Via Alpini 23, Chiesa.* «Und du meinst, dass dieser Domenico etwas weiss?»

«Ich bin mir sicher. Aber leider erzählte er uns nichts, was wir aus den Recherchen nicht schon wussten. È stato un periodo molto difficile che preferirei di dimenticare! Es sei eine schlimme Zeit gewesen, die er lieber vergesse.»

Gubler steckte den Zettel wieder ein. Er faltete die Karte zusammen und verstaute sie in seinen Rucksack. «Vielen Dank. Woher hast du die Adresse?»

«Von seinem Neffen. Pierluigi Nani, dem Direktor des Hotels Miramoggia in Chiesa.» Barnöv nahm sein Handy und öffnete die Wetter-App von Meteo Schweiz. «Sieht gut aus. Am Morgen sind die Temperaturen zwar knapp über dem Gefrierpunkt, aber am Nachmittag wird es warm.»

Gubler schaute ebenfalls aufs Handy und quittierte Barnövs Aussage mit einem Kopfnicken.

«Wann geht ihr los?»

«Nicht allzu spät. Ich möchte Hanna den Fundort der Leiche zeigen.» Er erhob sich. Es drängte ihn. Er wollte noch vor Einbruch der Dunkelheit bei der Alp Muot Selvas ankommen. Die Alp war zu dieser Jahreszeit verlassen. Gubler hatte sich von Pierino Dusch den Schlüssel geben lassen. Sein Vorschlag, eine Nacht auf der Alp zu verbringen, stiess bei Hanna auf offene Ohren. Barnöv ging zur Cheva, zog die Holztür zu und schloss sie ab. «Soll ich euch ein Stück mitnehmen?»

Gubler überlegte und schaute Hanna an. Sie nickte. «Schafft es dein Justy bis zur Alp?»

«Klar.»

«Dann hast du jetzt einen Transportauftrag.»

«Also. Fahren wir.»

Sie stiegen in das Auto. Barnöv fuhr los.

Gubler lag wach im Bett und sog mit geschlossenen Augen den Duft von Holz und Harz ein. Er öffnete die Augen und beobachtete fasziniert eine Spinne, die ihr tödliches Netz für die Insekten spann. Von Weitem hörte er das beruhigende Plätschern der Fedacla. Das gelegentliche Knacken im Holzgebälk, hervorgerufen durch den Temperaturanstieg, verriet den Sonnenaufgang. Hanna schlief noch fest. Ein tiefes Glücksgefühl durchströmte ihn. Er liebte diese Alp. Er kroch aus dem Bett.

Er hatte sich vorgenommen, den Weg der Giovellai abzulaufen. Fracassis Schicksal liess ihm, seit er dessen Überreste gefunden hatte, keine Ruhe mehr. Für ihn ergaben all die Indizien keinen Sinn. Noch nicht.

Zu viele Fragen waren unbeantwortet. Warum hatte die Kantonspolizei damals den Fall so schnell abgeschlossen? Warum war Pietro vom Weg abgekommen? Was für einen Zusammenhang hatten der Liebesbrief und der Streit mit Domenico Castelli? War Pietro in das Schmuggelgeschäft involviert gewesen? Und was hatten die Tschumys zu verbergen?

Er wollte Antworten. Er war mit dem Entscheid der Staatsanwaltschaft, die den Fall ad acta gelegt hatte, nicht einverstanden. Er war fest entschlossen, den Tremoggia-Pass zu überqueren, wollte die gleiche Route nehmen wie die Steinhauer damals.

Er hatte mit Hanna über sein Vorhaben nächtelang diskutiert. Sie wusste, dass sie ihn nicht umstimmen konnte. Sie hatte ihn gefragt, mit wem er die Überquerung machen wolle. Alleine, das war für sie klar, würde sie ihn nicht gehen lassen.

«Wer kommt mit?», lautete ihre kurze Frage.

«Ich frage den Men, ob er mitgeht.»

«Men?» lachte sie. «Ich glaube nicht, dass Men während der Jagd grosse Lust hat, mit dir ins Veltlin zu wandern.»

«Dann gehe ich eben alleine.»

«Vergiss es. Ich komme mit!»

Gubler füllte die Bialetti mit dem frischen Kaffee, den er mitgenommen hatte, und stellte die Espressokanne auf den Gaskocher. Der frische Duft von Kaffee lockte auch Hanna aus den Federn. Gemeinsam sassen sie am Küchentisch und genossen, für einmal schweigend, das Frühstück.

Kurz nach neun brachen sie auf. Das erste Teilstück über die Grashänge kannte Gubler bestens. Bis zur Fundstelle der Gletscherleiche kamen sie gut voran.

«Der Fundort und die Route liegen hier mindestens zweihundertfünfzig Meter auseinander.» Gubler zeichnete zwei Kreuze auf die Karte und zeigte sie Hanna.

«Vielleicht ist er im Schneegestöber vom Weg abgekommen, oder er war nach dem Streit mit Domenico in Gedanken versunken und hat sich verlaufen.»

«Wer weiss.» Hannas Mutmassungen überzeugten ihn nicht. Er konnte sich nicht vorstellen, dass Pietro, der den Weg wie seine Westentasche gekannt haben musste, sich verlaufen hatte. Das Verlassen der Route musste einen anderen Grund gehabt haben.

Der Weg führte an Felsbändern vorbei bis zur Endmoräne auf etwa zweitausendsechshundert Metern und dann auf der Gletscherzunge weiter bis zur Fuorcla Tremoggia. Auf der Fuorcla angekommen suchten sie sich einen schönen Platz. Es war Zeit für eine Pause.

Gubler öffnete den Rucksack und holte die Thermosflasche heraus, schraubte den Becher ab, füllte ihn und gab ihn Hanna. Dankend schlürfte sie den heissen Tee aus dem Becher. Er holte den Proviantsack hervor und legte die Esswaren auf eine Steinplatte, die sie als Tisch benutzten. Lange würden sie nicht bleiben können. Die Bise, die über die Passhöhe blies, war empfindlich kalt. Gubler zog den Reissverschluss seiner Jacke ganz zu und setzte sich die Wollmütze auf. Hanna rutschte zu ihm und suchte hinter ihm einen windstillen Ort. Vergeblich.

«Wie geht es deinen Füssen mit den neuen Bergschuhen?», wollte sie wissen.

Er überlegte. Eigentlich konnte er nur mit «perfekt» antworten. Sie drückten an keiner Stelle. Die Einlegesohlen, die Räto auf seine Füsse angepasst hatte, fühlten sich wie angegossen an, und die Merinosocken sorgten für warme trockene Füsse. «Perfekt», war daher seine Antwort.

Hanna reichte ihm den leeren Becher. Er füllte ihn nochmal auf. Sie hatte sich inzwischen von ihm gelöst und machte sich an das Schälen des Kastaniensalsizes, die Spezialität einer Metzgerei aus der Val Bregaglia. Er schnitt mit dem zweiten Messer den Käse und das Brot auf.

«Und wie geht es dir?», fragte er.

Hanna war in den letzten Wochen sehr angespannt gewesen. Die Corona-Situation hatte die Psychiatrische Tagesklinik in St. Moritz stark gefordert. Es gab überdurchschnittlich viele Personen, die wegen der Pandemie die Hilfe von Psychologen suchten. Hanna musste Sonderschichten leisten, da es auch Ärztinnen und Ärzte traf, die in Quarantäne mussten. Zehn-Stunden-Tage waren für sie zur Normalität geworden. Die Feierabende verbrachte sie nach einem Bad oder einer Dusche meistens schlafend auf dem Sofa. Ihr Nervenkostüm war mit jedem Tag dünner geworden, sie hatte einige Kilos verloren, und freie Tage waren zur Mangelware geworden.

Gubler versuchte sie zu unterstützen, indem er schwieg. Seit er bei ihr eingezogen war, hatten sie nie richtig Zeit gefunden, um über sich, ihre Bedürfnisse oder die Zukunft zu sprechen. Klar, er hatte ein gutes Gefühl bekommen, dass es mit ihnen beiden klappen könnte. Der letzte Sommer auf der Alp, die kurzen Wochen in Zürich und das gemeinsame Leben, dass sie jetzt in Sils führten, passten für ihn. Aber er wusste nichts aus Hannas früherem Leben, und sie wusste nicht alles aus seinem. Sein Bauchgefühl, und auf sein Bauchgefühl war meistens Verlass, sagte ihm, dass diese Wanderung nicht nur das Ziel hatte, Pietros Schicksal näherzukommen, es war auch der richtige Zeitpunkt, um eine Auslegeordnung ihres Lebens und der gemeinsamen Zukunft zu machen.

Als hätte Hanna seine Gedanken gelesen, bedankte sie sich mit einer festen Umarmung bei ihm. «Danke, Alessandro, dass du mich in der letzten Zeit ausgehalten hast.»

Er drückte sie fest an sich und wollte antworten, liess es aber sein.

Hanna weinte.

Nachdem sie die Passhöhe überwunden hatten, ging es steil abwärts Richtung Rifugio Tonsoni.

Hanna hatte sich wieder gefangen. Das Weinen schien sie innerlich gereinigt zu haben, und die freigesetzten Glücksgefühle, die das Wandern mit sich brachte, hatten einen positiven Nebeneffekt: Ihre redelustige Art, die er vom Sommer auf der Alp kannte, kam wieder zum Vorschein.

Gubler nutzte die Gelegenheit: «Kannst du dich noch an die Unterhaltung erinnern vor unserer gemeinsamen Nacht?»

«Natürlich. Gehört zu meinen Kernkompetenzen, Unterhaltungen von Patienten zu speichern», lachte sie.

Gubler, der vor ihr den steilen Weg hinabstieg, hielt an und drehte sich zu ihr um. «Schön, bist du wieder die Hanna, die ich kennengelernt habe, und nicht die Hanna, die ich in den letzten Wochen ausgehalten habe.»

«Danke, Gubler. Geh weiter!» Sie gab ihm einen Klaps auf den Hintern und begann, ohne dass er eine Frage gestellt hatte, zu erzählen: Ihr Leben war nicht spektakulär verlaufen. Nach dem Studium arbeitete sie an verschiedenen Orten und kam dank einer Bekanntschaft zum Sommerjob auf der Alp Muot Selvas, der ihr so gut gefiel, dass weitere Sommer dazukamen. Eine ehemalige Studienkollegin hatte sie dann auf die Teilzeitstelle in St. Moritz aufmerksam gemacht. Das Engadin war für sie zur zweiten Heimat geworden. Durch einen glücklichen Zufall konnte sie sich die Wohnung in Sils kaufen und konnte sich gut vorstellen, noch lange in diesem Hochtal zu bleiben.

In ihren Ausführungen «Was bis heute geschehen ist» bekamen natürlich auch die drei Beziehungen, die nicht gehalten hatten, ihren Platz. Hanna erzählte Gubler, ohne einen Groll auf diese Männer zu haben, weshalb es nicht geklappt hatte. Sie schloss ihr Curriculum, indem sie seine Worte vor der ersten gemeinsamen Nacht wiederholte: «Das war alles über mein Leben.» Sie hatten inzwischen angehalten. «Und nicht *fast alles*, lieber Gubler!»

Das sass.

Er wusste natürlich, was sie meinte. Am besagten Abend, in der Küche, hatte er alles über sein Berufsleben und seine Jugendzeit erzählt, aber die private Vergangenheit war so gut wie unausgesprochen geblieben. Natürlich hatte er Hanna vom tödlichen Bergunfall seines Vaters berichtet und wie er darunter gelitten hatte. Aber über die Beziehung, die von Sara nach neunzehn Jahren von einem Tag auf den anderen beendet worden war, hatte er nichts erzählt. Er war nach dieser Trennung in ein tiefes Loch gefallen. Auch seine engsten Freunde hatten ihm nicht helfen können. Irgendwann liessen sie es sein, ihn immer wieder aufs Neue zu animieren, rauszugehen. Raus ins Leben, um eine neue Bekanntschaft zu machen.

Das Ristorante von Carlo und der Schrebergarten von Polinelli waren die einzigen Orte, die er besuchte. Das Ristorante zu oft.

Mittlerweile waren sie in Chiareggio angekommen. In einer Bar warteten sie bei Kaffee und Kuchen auf das italienische Postauto, das sie nach Chiesa, dem Ziel dieser Tour, bringen sollte. Gubler beendete seine Ausführungen: «Das war jetzt alles. Und nicht fast alles.»

Hanna schob sich das letzte Stück Schokoladentorte in den Mund und sammelte mit dem Zeigefinger die letzten Krümel auf dem Teller zusammen. Als der Teller nichts mehr hergab, wischte sie sich mit der harten Papierserviette, die sie aus dem Behälter zupfte, der auf dem Tisch stand, den Mund ab. «Der Mensch denkt, Gott lenkt. Hat mein Vater immer gesagt.» Sie legte die zerknüllte Serviette auf den Teller.

Er blickte sie nachdenklich an. «An solche Sachen glaube ich nicht.»

«Ich auch nicht. Aber deine Freistellung, gerechtfertigt oder nicht, hat uns zwei zusammengebracht.» Sie beugte sich über den Tisch und küsste ihn innig.

Vom Tresen her ertönte ein «E viva l'amore». Ein lautes Lachen erfüllte die Bar.

Verlegen legte Gubler einen 20-Euro-Schein auf den Tisch.

Sie verliessen die Bar. Der Bus war angekommen. In Chiesa stiegen sie aus und machten sich auf den Weg ins Hotel Miramoggia.

Der Portier begleitete sie nach dem Einchecken in den obersten Stock. Er öffnete ihnen die Suite della Fortuna und führte sie durch das Zimmer. Rico Barnöv musste einen speziellen Draht zum Hotelchef haben. Gubler konnte sich nicht vorstellen, dass er und Hanna genug Zeit haben würden, um die Sauna, das Sprudelbad und das riesige Bett voll auszukosten. Für Letzteres nahm er sich vor, genügend Zeit einzuplanen. Er stand auf dem Balkon und befreite die letzten Steine aus der Sohle seiner tiefseeblauen Bergschuhe. Hanna machte ein Foto von ihm.

«Da haben sich ja zwei gefunden», neckte sie ihn. «Ich gehe ins Sprudelbad, kommst du mit?»

Er musterte sie, überlegte. «Bedaure, ich muss passen.» Er stellte seine Schuhe auf den Boden und riss Hanna das Badetuch vom Körper. «Aber ich komme auf das Angebot zurück.» Mit einem sanften Kuss zog er sie aufs Bett. Das Sprudelbad konnte warten.

Frisch geduscht sass Gubler in einem weichen Sessel in der Hotelhalle und betrachtete das letzte glühende Scheit im Kamin. Er stand auf und legte zwei neue Holzstücke auf die Glut. Das trockene Fichtenholz fing sofort Feuer. Die Flammen züngelten zum Schornstein empor, wo sie lautlos verschwanden. Eine wohlige Wärme umfing ihn. Er drehte sich vom Kamin ab und blickte aus dem grossen Fenster, das an den Seiten von dicken Vorhängen begrenzt wurde. Die Berggipfel zeichneten eine schwarze Silhouette vor der untergehenden Sonne in den Himmel. Rechts neben dem Kamin stand ein alter Sekretär. Ein Ständer neben dem Holzmöbel, der mit Ansichtskarten bestückt war, brachte ihn auf eine Idee. Er nahm den Kugelschreiber, der auf dem Sekretär lag, und schrieb lobende Worte an Räto auf die Ansichtskarte mit dem Piz Tremoggia im Hintergrund: *Die neuen Bergschuhe in der Farbe Tiefseeblau und die Merinosocken sind das Geld wert. Grüsse, Gubler.*

«Buonasera, commissario.» Ein grossgewachsener Mann mit pechschwarzen Haaren, die mit Gel in der richtigen Position fixiert waren, kam auf ihn zu. «Nani Pierluigi. Ich bin der Hoteldirektor. Schön, sind Sie hier. Ich hoffe, es ist alles zu Ihrer Zufriedenheit?»

Bevor Gubler antworten konnte, kam Hanna in die Halle. Pierluigi begrüsste sie im typischen italienischen Stil. Gubler musste schmunzeln.

«Ich würde sie gerne zu einem *bicchiere di benvenuto* einladen.» Mit einer Handbewegung begab sich der Direttore zur Hotelbar, wo er drei Gläser Aperol Spritz bestellte.

«Sie sind also auf der Suche nach Domenico?», kam er dann zur Sache.

«Genau.»

Eine Kellnerin brachte die Getränke.

«Rico Barnöv hat mich kontaktiert.» Nani prostete den beiden zu. «Sie haben Pietro gefunden?» Er machte eine Pause. «Schreckliche Geschichte.»

«Was meinen Sie damit?»

«Mein Vater sagte immer: ‹Doveva finire cosi!›»

«Was musste so enden?», fragte Hanna nach.

Pierluigi zuckte mit den Schultern. «Er hat nie etwas erzählt. Und wenn er etwas wusste, hat er sein Wissen mit ins Grab genommen.»

Bevor Gubler weitere Fragen stellen konnte, wurde der Direktor von einer Angestellten an die Rezeption gerufen.

«Entschuldigen Sie mich bitte. Die Arbeit ruft.» Mit zügigem Schritt verliess er die Hotelbar.

Hanna schaute ihm länger nach, als es Gubler gefiel. Er räusperte sich.

«Was?»

«Gehen wir essen?», fragte er.

«Gerne.»

Hanna genoss den kleinen Anflug von Eifersucht, den Gubler durch sein Räuspern ausgedrückt hatte. Sie lehnte ihren

Kopf an seine Schulter und hauchte kaum hörbar: «Ich liebe dich, Gubler.»

Verliebt turtelten die beiden ins A-la-carte-Restaurant.

Während sie das Dessert genossen, kam die Rezeptionistin zu ihnen an den Tisch und entschuldigte Pierluigi, der leider in einer dringenden Sache fortmusste. Sie übergab Gubler eine Notiz. Gubler las: *Scusate. Ich werde Sie morgen zu Domenico begleiten. Der Caffè und der Digestivo gehen auf mich.*

Er legte die Nachricht auf den Tisch. Hanna überflog die Notiz ebenfalls.

«Glück gehabt», sagte Gubler.

«Wieso Glück?»

«So haben wir Zeit für den Jacuzzi.»

Hanna schaute auf die Uhr. «Du spinnst!»

«Der Verliebte hat keine Zeit, geistreich zu sein. Da muss ein Sprudelbad reichen.»

«Du spinnst definitiv.»

Der Kellner brachte den Digestivo.

Nach dem Frühstück hatte sich Hanna zu einer Massage angemeldet, und Gubler studierte die Wettervorhersage, die für den Nachmittag Regen vorhersagte. Er wartete, wie gestern abgemacht, auf Pierluigi.

Ein «Buongiorno, commissario» unterbrach sein Wetterstudium. «Ab morgen kommen die Herbststürme. Haben Sie gut geschlafen? Gehen wir zu Fuss oder lieber mit dem Auto?»

Irgendwie war dieser Direktor zu schnell für Gubler.

«Wie weit ist es?»

«Ungefähr drei Minuten.»

«Drei Minuten zu Fuss oder mit dem Auto?»

«Mit dem Auto.»

«In dem Fall zu Fuss.»

Pierluigi ging zur Rezeption und meldete sich für den Rest des Vormittags ab. Nachdem er noch zwei weitere Anweisungen an die Direktionsassistentin gegeben hatte, wandte er sich an Gubler: «Andiamo, commissario.»

Während sie sich auf dem Weg zu Domenico befanden, erzählte Pierluigi, was er wusste. Sie hielten immer wieder an. Pierluigi war ein guter Erzähler und Gubler ein aufmerksamer Zuhörer.

«Pietro und Domenico waren, wie Sie bereits wissen, Cousins. Ihre Väter waren Brüder. Chiara hat Domenico Jahre nach Pietros Verschwinden geheiratet. Sie war die jüngste Schwester meines Vaters.»

«War?»

«Ja, sie ist durch einen Unfall ums Leben gekommen.»

«Und das Kind, das sie erwartet hatte?»

«Aurora war siebzehn oder achtzehn, als der Unfall passierte. Sie verliess das Tal und kam nie wieder zurück.»

Nach einer Viertelstunde erreichten sie am Dorfrand das Haus von Domenico. Es war ein für diese Gegend typisches Steinhaus. Auf der rechten Seite war ein Holzschopf angebaut. Gubler vermutete, dass er früher als Stall genutzt worden war. Einzelne faule Holzpfosten versuchten mit letzter Kraft, die morschen Latten eines Zaunes festzuhalten. Links vom Haus waren noch die Umrisse eines grossen Gartens erkennbar, der jetzt von Unkraut überwuchert war. Einzig ein Strauch Rhabarber wehrte sich und war nicht bereit, den Garten gänzlich den Brennnesseln zu überlassen.

Pierluigi öffnete das Gartentor, das nur noch vom oberen Scharnier gehalten wurde. Gubler folgte ihm.

Am rechten Türpfosten des Hauseingangs hing an einem ausgefransten Hanfstrick ein grosser Holzhammer. Unter dem Fenster links vom Eingang stand eine Holzbank. Das niedergetretene Gras davor liess vermuten, dass sich der Hausbesitzer oft auf dieser Bank aufhielt.

Pierluigi nahm den Hammer und klopfte dreimal kräftig an die Holztür.

Aus dem Haus war das heisere Bellen eines Hundes zu hören.

«Tutto bene, Skippi. Fai il bravo.»

Das Bellen verstummte sofort. Pierluigi klopfte nochmal mit dem Hammer an die Tür, bevor er ihn losliess. Am Seil baumelnd schlug der Hammer noch ein paarmal an den Türpfosten und drehte sich dann noch einige Male im Kreis.

Aus dem Haus waren Schritte zu hören.

«Chi è?»

«Ich bin es. Pierluigi.»

«Warte. Ich komme.»

«Sie sprechen Deutsch mit ihm?»

«Ja, seine Mutter war Deutsche, Berlinerin, und ich war fünf Jahre beruflich in München. Wir haben immer Deutsch miteinander gesprochen. Weshalb, weiss ich auch nicht, hat sich so ergeben.» Er machte eine Pause. «Hören Sie, Gubler, ich weiss nicht, was im Leben von Domenico alles geschehen ist. Aber wenn Sie an Informationen kommen wollen, müssen Sie sehr geschickt vorgehen. Domenico ist kein böser Mensch. Aber das Leben hat ihn gezeichnet. Er spricht seit Jahren mit niemandem.»

An der Tür war das Geräusch eines Schlüssels zu hören.

«Ich bringe ihm den wöchentlichen Einkauf, und dann wechseln wir einige Worte.»

Mit einem leisen Quietschen öffnete sich die Tür. Domenico trat, sich an einer Krücke festhaltend, aus dem Haus. Er lächelte den Hoteldirektor freundlich an. Das Gehen fiel ihm schwer. Der gekrümmte Rücken zeugte von jahrelanger harter

Arbeit, und die Hüftbewegungen verrieten eine starke Arthrose.

«Chi è quest'uomo?»

«Ciao Domenico. Das ist Alessandro Gubler.»

«Cosa vuole qui?»

«Er macht Recherchen zum ehemaligen Steinbruch in der Val Fex.»

«Non c'è niente da dire su questa cosa», antwortete Domenico in eisigem Ton.

«Das kannst du ihm selber sagen. Ciao Domenico, ich muss gehen. Die Arbeit wartet.» Mit einem Augenzwinkern verabschiedete er sich von Gubler. «Viel Glück, und sprechen sie laut. Er stellt sich taub.»

Domenico musterte Gubler.

«Gubler, sagten Sie, ist Ihr Name?»

«Alessandro.» Er reichte ihm die Hand. Domenico ignorierte sie.

«Ich kann mir nicht vorstellen, dass ich Ihnen Neues erzählen kann. Alles, was es zu sagen gibt, habe ich bereits gesagt, und es kann nachgelesen werden.» Während er zum Hauseingang humpelte, pfiff er dem Hund, der vor dem Gartenzaun sass und Pierluigi nachsah. «Komm, Skippi. Unser Besucher verlässt uns.»

So schnell wollte sich Gubler nicht abfertigen lassen. Er war sich sicher, dass Domenico wusste, was damals geschehen war. Er kannte die Wahrheit. Gubler hatte nur diese eine Chance. Er setzte alles auf eine Karte: «Sie kennen die Wahrheit, Domenico. Erzählen Sie mir, was sie über die Tschumys wissen.»

Domenico blieb abrupt stehen. Gubler sah, wie er wankte. Während er wartete, was geschehen würde, überlegte er sich seinen zweiten Schachzug.

Domenico hatte sich inzwischen umgedreht. «Tschumy.» Mit grösserer Verachtung hätte ein Name nicht ausgesprochen werden können. Domenico spuckte auf den Boden und zeigte auf den nassen Fleck, den die Spucke in der trockenen Erde hinterlassen hatte. «Das ist alles, was es über Tschumy zu sagen gibt. Verschwinden Sie!»

Gubler machte den nächsten Zug: «Ich habe Pietro gefunden.»

Domenico erzitterte wie ein junger Apfelbaum, der von einem grossen Windstoss erfasst worden war. Langsam hinkend kam er auf Gubler zu. Er kam ihm so nahe, dass er den kalten Schweiss, der sich im Flanellhemd festgesetzt hatte, riechen konnte.

«Pietro.» Domenicos Stimme flatterte, als er den Namen aussprach.

Gubler sah, wie seine Augen feucht wurden und eine kleine, kaum sichtbare Träne im Sonnenlicht glänzte.

Mit dem Ärmel wischte Domenico sich die Träne von der Wange. «Manche Wunden sind zu tief, um verheilen zu können, und die Wirklichkeit besteht nur noch aus Schmerz. Was bleibt, ist zu vergessen, bevor man sich in den Wahnsinn flüchtet.» Er setzte sich auf die Holzbank. Skippi legte sich vor seine Füsse. «Signor Gubler, ich bin müde und warte nur noch auf meinen letzten Weg, der hoffentlich bald kommt.» Er konnte die Tränen nicht mehr zurückhalten. «Bitte. Gehen Sie.» Seine Stimme versagte.

Gubler senkte den Blick. Plötzlich waren sie wieder da, die Bilder. Die Bilder vom Bergunfall und die grausamen, unbeantworteten Fragen. War er mitschuldig am Tod seines Vaters? Hatte er das Seil wirklich richtig gesichert? Er hörte die gefühllosen Worte seiner Mutter beim Begräbnis: «Dich trifft keine Schuld. Unfälle geschehen.» Über den Unfall war nie wieder gesprochen worden. Seine Mutter hatte ihn nie wieder in die Arme genommen. Keine einzige Umarmung mehr. Der Psychologe, der Gubler in dieser Zeit betreute, nannte es «emotionale Ablehnung». Auf einmal kam alles wieder hoch. Jetzt kämpfte auch Gubler mit den Tränen.

«Gehen Sie bitte», wiederholte Domenico.

Gubler erwachte aus seinen Gedanken. Einen kurzen Augenblick kreuzten sich ihre Blicke. Und dieser kurze Augenblick genügte. Er spürte, dass ihn und Domenico etwas verband. Die Wunden der Schuld.

Gubler ging. Er lief. Immer schneller. Ohne Ziel.

Eine innere Unruhe erfasste ihn. Er konnte sich diesen Gemütszustand nicht erklären. Oder vielleicht doch? War er einfach Meister im Verdrängen geworden?

Er setzte sich auf eine Holzbank und schloss die Augen. Wie ein Film liefen die Erinnerungen vor ihm ab. Die Bilder vom Bergunfall. Wie sein Vater an den Felsen prallte und leblos im Seil hing. Die brutalen, endlosen Minuten des Wartens, bis Hilfe kam. Die Beerdigung an einem nassen, kalten Mittwochnachmittag. Die leeren Worte des Pfarrers. Seine Mutter. Unbeweglich, zerbrochen, der Weinkrampf, als sie ihren geliebten Ehemann hinunterliessen. Und Gubler? Starr auf das Loch blickend, nicht fähig, seiner Mutter beizustehen. Der Arzt, ein Bergkamerad seines Vaters, brachte sie weg. Gubler alleine vor dem zugeschaufelten, mit Blumen und Kränzen überhäuften Grab. Alleine vor dem Grab seines geliebten Vaters mit der Frage: Warum?

Es folgten die schlimmsten Jahre in Gublers Leben. Nie nachdenken, alles aufsaugen. Arbeiten, jede Schicht übernehmen. Einfach vergessen. Und allzu oft half der Alkohol. Er war nicht fähig, das Geschehene selbst zu verarbeiten, die Weigerung der Mutter, mit ihm darüber zu sprechen. Alles zusammen zermürbte ihn. Irgendwann dachte er, es sei besser, sich dem Schmerz zu stellen und das Leben um diesen Schmerz herum aufzubauen, in der Hoffnung, dass dieser ungeheure Schatten einmal erträglicher würde.

Und dann geschah etwas Unerwartetes. Unerwartet war nicht der Tod der Mutter, sie war fast 100 Jahre alt. Unerwartet war der Brief, den er von der Pflegerin seiner dementen Mutter erhielt.

> *Geliebter Ale*
> *Entschuldige meine Schrift und die Tränen, die auf das Papier tropfen, während ich dir diesen Brief schreibe.*
> *Dass ich dir nicht früher geschrieben habe, liegt nicht daran, dass ich dir nichts zu sagen gehabt hätte, sondern daran, dass ich mich schäme.*
> *Oft sitze ich im alten Sessel und schaue hinaus auf die Berge. Es gäbe so viel zu sagen, aber es bleibt keine Zeit mehr.*
> *Ale, ich bedauere, dass ich vor lauter Schmerz dein junges Leben zerstört habe. Ich konnte dich nicht mehr in die Arme nehmen. Du warst deinem Vater so ähnlich. In dir sah ich ihn, als ich ihn kennenlernte. Das Schlimmste sind deine Augen. Sie haben den gleichen warmen Ausdruck wie seine.*
> *Der Verlust deines Vaters war unerträglich, ich wollte nicht mehr leben. Ich wollte nur noch bei ihm sein, aber es fehlte mir der Mut, um zu gehen.*
> *Lieber Ale. Es war nicht deine Schuld. Die Ärzte im Spital sagten, dass es ein Herzversagen war. Sie wollten eine Obduktion machen. Ich habe die Einwilligung verweigert.*
> *Ich kann deine Wut verstehen, die dich jetzt beim Lesen dieses Briefes erfasst. Es gibt keine Entschuldigung für mein Verhalten, und ich erwarte auch nicht, dass du mir vergibst. Ich hoffe, dass du irgendwann die Kraft hast, mir zu verzeihen.*

In tiefer Liebe, auch wenn ich sie dir nicht mehr geben konnte.
Deine Mutter

Seit der Beerdigung hatte er den Brief hundertmal gelesen, wie ein Schauspieler, der seinen Text auswendig lernen muss.

Kündigung

Seit dem Besuch bei Domenico waren drei Wochen vergangen. Das Treffen mit dem letzten überlebenden Giovellai hatte Gubler zugesetzt. Er konnte keinen klaren Gedanken mehr fassen und war wie besessen herauszufinden, was die Familie Tschumy mit diesem Fall zu tun hatte. Er war sich sicher: Der Schlüssel zur Klärung musste dort gefunden werden. Alle Nachforschungen, die er in Sils angestellt hatte, waren im Sand verlaufen. Keiner wusste etwas oder wollte etwas wissen. Ein riesiger Deckel des Schweigens hatte sich über dieses Kapitel gelegt. Während er in diesem Fall im Dunkeln tappte, hatte sich ein anderer für ihn gelöst. Für den Abschluss dieser Angelegenheit war er ein weiteres Mal nach Zürich gereist.

«Bist du sicher, dass du das Richtige machst?» Marco Pol schaute auf Gublers Kündigung, die auf seinem Schreibtisch lag.

Gubler erhob sich und ging zum Fenster. Er blickte den Rücklichtern eines Polizeifahrzeugs nach, die vom Herbstnebel verschluckt wurden. Zürich im Dezember hatte er noch nie gemocht. Vom Nebel abgesehen zauberten die Weihnachtsdekorationen und blinkenden Plastikbäume auf den Balkonen bei ihm regelmässig Fieberbläschen auf die Lippen. «Das ist ein psychisches Problem», hatte ihn sein Hausarzt aufgeklärt.

Mit diesem Gedanken ging er zum Pult zurück und nahm die Kündigung vom Tisch. «Ich bin mir nicht sicher, ob ich die Kündigung per Einschreiben senden oder ob ich sie im Personalbüro persönlich abgeben soll.» Er steckte das Schreiben zurück in den Umschlag. «Aber ich weiss, dass ich das Richtige mache.»

Seine Freistellung als Kommissar hatte grosse Wellen geworfen. Die neuen Ermittlungen im Fall der ermordeten Rumänin deckten einen Frauenhändler-Ring auf. Einige hochrangige Politiker wurden zum Rücktritt gezwungen. Zwei Anwälte erhielten mehrjährige Gefängnisstrafen, und das Strafverfahren gegen einen Starbanker einer grossen Bank war noch hängig.

Das Verfahren gegen Gubler wurde eingestellt und die Freistellung rückwirkend aufgehoben.

Propter indigentiam testimonio, «mangels Beweisen».

Auch zwei Wochen nach dem Urteil kochte er noch vor Wut. Im Gegensatz zu Marco konnte er sich über diese, wie Pol sie nannte, «gute Nachricht» nicht freuen.

Für ihn hiess «mangels Beweisen» wahrscheinlich schuldig, aber eben nicht beweisbar.

Was aber das Fass zum Überlaufen brachte, war das unglaubliche Angebot, das sie ihm machten: die Wiedereinstellung als Co-Kommissar an der Seite der neuen Hauptkommissarin.

Noch am selben Tag hatte er die Kündigung geschrieben und alles in die Wege geleitet, damit Mia seine Mietwohnung übernehmen konnte.

«Ich kann dich verstehen, Alessandro. Und trotzdem glaube ich, du machst einen Fehler.» Pol erhob sich aus seinem Drehsessel. Er wusste, dass er seinen Freund nicht mehr umstimmen konnte. «Komm, lass uns gehen. Ich lade dich zum Mittagessen ein.» Er nahm seinen Mantel vom Kleiderständer und meldete sich bei Frau Wieland für den Rest des Tages ab.

Sie verliessen das Hauptquartier und schlugen den Weg Richtung Ristorante Antica Roma ein. Zürich zu dieser Jahreszeit war wirklich ekelhaft. Die feuchte, kalte Luft drang durch alle Kleider hindurch. Gubler hatte das in den letzten Jahren nicht mehr wahrgenommen. Er hatte sich an den Nebel gewöhnt. Erst jetzt wurde ihm bewusst, was er in den letzten Jahren alles verpasst hatte. Er vermisste die Engadiner Sonne, die weite Sicht und die klare Luft. Er wollte so schnell wie möglich zurück. Zurück nach Sils. Zurück zu Hanna.

«Was ist eigentlich aus deinem Gletscherleichenfall geworden?», erkundigte sich Pol.

«Abgeschlossen durch die Staatsanwaltschaft. Wahrscheinlich ein Unfall», antwortete Gubler knapp.

«Abgeschlossen für die Staatsanwaltschaft.» Pol hielt inne und schaute Gubler an. «Und für dich?»

«Für mich?» Gubler überlegte. «Für mich nicht.»

Sie betraten das Ristorante Antica Roma. Carlos Freude über ihren Besuch und seine gute Laune steckten Gubler an. Nach dem zweiten Corretto Grappa erzählte er Marco alles, was sich bis jetzt in diesem Fall zugetragen hatte, und dass er nicht mehr weiterkomme. «Es macht mich wahnsinnig, Marco. Ich habe mich noch nie so festgefahren.»

«Und du bist der festen Überzeugung, dass dieser Tschumy etwas mit dem Fall zu tun hat?»

«Nicht dieser Tschumy. Der ist zu jung. Aber sein Vater und sein Grossvater. Leider habe ich nirgends belastende Hinweise gefunden, die ein dunkles Geheimnis an den Tag bringen würden. Die Verurteilung des Vaters des Gemeindepräsidenten ist die einzige belastende Straftat.»

«Und die wurde, wie ich verstanden habe, in eine bedingte Geldstrafe umgewandelt.»

«Genau.» Gubler bestellte bei Carlo ein Mineralwasser.

«Hast du auch im Kulturarchiv Oberengadin nachgeforscht?»

«Im Kulturarchiv. Was sollte ich dort finden?»

«Was hast du über die Familie Tschumy bis jetzt gefunden?»

«Nichts.»

«Dann kann ein Besuch im Kulturarchiv in Samedan nicht schaden.»

Carlo kam mit dem Mineralwasser und drei Gläsern Rotwein. Er setzte sich zu ihnen an den Tisch. «Was gibt es Neues in unserem Revier?»

Pol erzählte ihm von Gublers Kündigung. Das reichte für einen emotionalen, italienischen Ausraster von Carlo, dem mit weiteren Runden Rotwein begegnet werden musste.

Val Malenco II

Nachdem sich Gubler von Pol und Carlo verabschiedet hatte, ging er nach Hause und schlief zum letzten Mal an der Morgartenstrasse. Für den nächsten Tag hatte er einen Termin mit der Brocki der Heilsarmee vereinbart. Sie würden alles mitnehmen, was Mia nicht behalten wollte. Seine Sachen hatte er bereits im Bus verstaut, den er sich von Lurench Palmin ausgeliehen hatte. Falls noch etwas zurückbleiben sollte, würde es Polinelli in die Abfallverwertung bringen. Polinelli hatte auch ein Putzinstitut organisiert, das die Wohnung anschliessend auf Hochglanz bringen würde. Der letzte Termin fand beim Vermieter der Wohnung statt. Die Unterzeichnung des neuen Mietvertrages mit Mia war eine reine Formsache.

Kurz nach siebzehn Uhr fuhr Gubler auf die Autobahn. Zürich war für ihn Geschichte.

Während der Fahrt – Lurenchs Bus hatte eine Freisprechanlage, und dank Mias Hilfe hatte sich sein Telefon sogar mit dieser verbinden lassen – telefonierte er mit dem Kulturarchiv Oberengadin in Samedan. Er schilderte dem sympathisch klingenden Gegenüber sein Anliegen: «Ich suche Dokumentationen, Berichte oder Fotografien über das Baugeschäft Tschumy in Sils, gegründet circa 1904.»

«Tschumy, sagten Sie. Ich schaue mal, was ich finde.»

«Gut. Sie sehen meine Nummer?»

«Ja», sagte der Archivar, «aber bleiben Sie dran. Wenn ich etwas habe, finde ich das in wenigen Sekunden. Wir haben alles digitalisiert, müssen Sie wissen. War meine Maturaarbeit vom letzten Sommer.»

Gubler hörte den Stolz in seiner Stimme. «Gratuliere.»

«Danke. Da habe ich etwas. Fotos. Haben Sie eine E-Mail-Adresse?»

«Natürlich.» Er gab dem Mitarbeiter des Kulturarchivs seine Adresse durch.

«Gesendet. Kann ich sonst noch etwas für Sie tun?»

«Vielleicht. Ich melde mich bei Ihnen.» Gubler bedankte sich und beendete das Gespräch. Er drückte aufs Gaspedal. Er konnte es nicht erwarten, in Sils zu sein.

Als er kurz nach zweiundzwanzig Uhr – auf dem Julierpass hatte es heftig geschneit und gestürmt – in Sils ankam, half ihm Hanna beim Entladen des Busses. Als sie sah, das er ihren Rat, nur das mitzunehmen, was wirklich wichtig für ihn war, mehr als befolgt hatte, plagte sie das schlechte Gewissen. Nach sieben Kartons war bereits Schluss. Der Bus war leer.

Er bemerkte ihre Gemütslage, als sie die Schachteln im Wohnzimmer musterte. «Habe ziemlich viel von meinem alten Leben in Zürich gelassen. Nun hat es Platz für neues!»

Am nächsten Tag stand Gubler mit Hanna auf. Sie hatte einmal mehr Frühdienst. Er wollte die Kartons so schnell wie möglich leeren und die Sachen, die er mitgenommen hatte, versorgen. Viel war es ja nicht mehr. Den letzten Karton mit den Alben und Fotografien trug er ungeöffnet in den Keller.

Als er in die Wohnung zurückkam, vibrierte irgendwo sein Handy. Ein Anruf in Abwesenheit. *Pierluigi Nani, Chiesa* stand auf dem Display.

Er drückte auf *Wählen.* Das Telefon verabschiedete sich.

«Scheissgerät!»

Er steckte es an das Ladekabel und schaltete sein Laptop ein. Er musste warten, bis das Telefon wieder ein Minimum an Akkuladung hatte. Er öffnete das Mail des Kulturarchivs Oberengadin. Im Anhang lagen zwei PDF-Scans. Eines war mit *Fotos* beschriftet, das andere mit *Bericht Posta Ladina.* Gubler öffnete die Fotos. Die Schwarz-Weiss-Aufnahmen zeigten Männer, die mit Pferdefuhrwerken vor einem Haus standen. Die Wagen waren mit Steinplatten beladen. Auf zwei Fotos waren von Hand die Jahreszahl und die Namen der abgebildeten Personen vermerkt. Auf dem dritten war ein kleiner Mann zu sehen, der mit seinen kräftigen Unterarmen die Zügel zweier Pferde hielt. Auch dieses Foto war mit einer handschriftlichen Bemerkung versehen: *Il capo.* Gubler sah sich die Fotos genau an. Er fand nichts Auffälliges. Er öffnete den Bericht, der auf Romanisch abgefasst war und die Geschäftstätigkeit der Firma Tschumy beschrieb. Er druckte den Bericht sowie die Fotos aus.

Inzwischen hatte sich sein Handy wieder gemeldet. Gubler wählte Pierluigis Nummer. Bereits nach zweimal Läuten meldete sich dieser.

«Buongiorno, commissario. Ich habe Neuigkeiten für Sie.»

Was der Hotelier ihm mitteilte, veranlasste Gubler, sofort ins Veltlin zu reisen.

Er stopfte das Nötigste in eine Sporttasche, die er im Schrank gefunden hatte. Nahm die Fotos und den Bericht und legte diese ebenfalls in die Tasche. Er setzte sich in den geliehenen Bus und fuhr nach Samedan. Dort angekommen bat er Lurench, ihn nach Pontresina an den Bahnhof zu fahren. Leider war der Zug schon abgefahren. Lurench fuhr dem Zug hinterher. Kurz vor den Berninahäusern hatten sie ihn eingeholt. Lurench schaffte es gerade noch, vor der niedergehenden Barriere bei Rot durchzufahren. Bei der Station Diavolezza liess er Gubler aussteigen. Der bedankte sich bei Lurench und überquerte den Bahnsteig. Der Zug fuhr ein. Nachdem er bei der Zugbegleiterin ein Billett gelöst hatte, meldete er sich bei Hanna ab: «Bin unterwegs nach Chiesa. Melde mich heute Abend bei dir. Liebe dich.»

Aus dem Lautsprecher ertönte die Mitteilung, dass sich die Passagiere jetzt bald auf dem höchsten Punkt der Reise befänden und sich der Glacier Express danach hinunterwinde auf 300 Meter über Meer, dem Ziel Tirano entgegen. Gubler hatte keine Augen für die Natur. Er las erneut den Bericht, den er ausgedruckt hatte. Es war ein kurzer Bericht, der die Arbeit in der Cheva und die Nutzung der Steinplatten für die Dächer der Häuser in Sils und Umgebung beschrieb. Er nahm das Foto mit der Aufschrift *Il capo* zur Hand. Er fand nichts Ungewöhnliches und wollte es schon wieder beiseitelegen, als ihm ein Detail ins Auge stach. An der Seitenwand des Transportwagens war ein Schild angebracht, das den Namen der Baufirma trug: *Fridolin Tschumi.*

Gubler schaute noch einmal genau hin. Er nahm das Telefon und rief Raschèr an.

«Der Teilnehmer mit der Nummer …»

«Huara Saich!» Er suchte die Nummer von Men Parli, da meldete sich sein Handy. Er nahm ab: «Chau Thomas … Ja. Ja, alles gut … Nein, ich bin auf dem Weg nach Chiesa … Ja, schon wieder … Erzähle ich dir ein andermal. Ich habe eine Frage. Seit wann schreibt der Tschumy seinen Nachnamen mit einem Ypsilon? Aha … Und sein Vater auch schon? … Ja, das wäre lieb von dir. Nein, du kannst mich noch eine Stunde erreichen. Danke.»

Gubler drückte das Gespräch weg. Er sah sich nochmal das Bild an. *Tschumi* stand da. Tschumi mit «i» und nicht mit «y» am Schluss. Was war der Grund für diese Namensänderung? Er nahm sein Telefon und rief Eugen Riedi in Chur an. Er erzählte ihm seine Entdeckung und bat ihn, bei der Polizei in Poschiavo nachzufragen, ob er, Gubler, für eine Stunde einen Computer benutzen dürfe. Kurze Zeit später kam ein WhatsApp von Riedi: *Geht in Ordnung. Melde dich bei Wachtmeister Cortesi. Eugen.*

Hast was gut bei mir, antwortete Gubler.

In Poschiavo stieg Gubler aus dem Zug und machte sich auf den Weg zum Polizeiposten.

Ein weiteres WhatsApp erreichte ihn. Es kam von Raschèr: *Der Grossvater hatte kurz vor seinem Tod den Namen geändert. Grund: unbekannt! Rico Barnöv hat es in seinen Nachforschungen auch nicht herausgefunden. Sorry. Salüds, Thomas.*

Mit den Unterlagen, die er auf dem Polizeiposten ausgedruckt hatte, stieg Gubler in Cortesis BMW. Da der nächste Zug erst in einer Stunde Richtung Tirano abfuhr, hatte sich der Wachtmeister spontan als Taxifahrer anerboten. In Tirano hatte Gubler Glück. Im letzten Moment erwischte er den Trenitalia nach Milano. Der Zug war voll. Gubler fand einen Platz bei drei lautstarken und wild gestikulierenden älteren Damen. Er war froh, dass die Fahrt nach Sondrio nur eine halbe Stunde dauerte. An ein Studium der ausgedruckten Akten war nicht im Traum zu denken.

Er nahm sein Handy und rief den Fahrplan für den Bus nach Chiesa auf. Dann nahm er die Akten trotz der wild gestikulierenden Damen aus seiner Tasche. Im Internet hatte er Tschumi mit «i» gegoogelt. Er hatte nicht lange suchen müssen. Es gab einen Verwandten in der Familie, der früher ein hohes politisches Amt auf nationaler Ebene innehatte. Ein Cousin von Fridolin Tschumi, der wie dieser in Ennenda aufgewachsen war. Die Familie war später aber nach Basel gezogen. Über Fridolin Tschumi konnte er keine weiteren Angaben finden. Über dessen Sohn, ebenfalls auf den Namen Fridolin getauft, fand Gubler, ausser dem, was er schon wusste, nichts Neues. Über den Cousin in Basel gab es hingegen einiges im Internet zu finden. Eine Frage blieb jedoch offen:

Was konnte der Grund für die geänderte Namensschreibung gewesen sein?

Der Zug fuhr in Sondrio ein. Gubler verabschiedete sich von den Damen. Diese hatten keine Zeit, seinen Gruss zu erwidern. Er stieg aus und ging zur Busstation. Der Chauffeur stand neben dem Bus, den Gubler nehmen musste. Er unterhielt sich rauchend mit einem Kollegen. Thema Corona. Gubler war es leid, über dieses Thema zu diskutieren. Er hatte sich zweimal impfen lassen, und mehr konnte er nicht machen. Klar nervten ihn diese Masken und klar war es schade, dass man nicht mehr einfach so in eine Bar gehen konnte, um ein Feierabendbier zu trinken. Aber jeden Tag über dieses Virus zu debattieren war ihm zuwider. Und doch hatte es dieser verdammte Käfer geschafft, dass es zwischen Hanna und ihm immer wieder zu Streitgesprächen kam.

Der Chauffeur warf die Zigarette auf den Boden, trat sie mit seinen schmutzigen Halbschuhen aus, stieg in den Bus und startete den Motor. Sie fuhren los. Die Fahrt nach Chiesa verlief problemlos. Der Bus füllte sich auf den ersten Kilometern bis zur Hälfte, leerte sich dann aber wieder bei jeder weiteren Haltestelle.

In Chiesa stieg Gubler als einziger Fahrgast beim Friedhof aus dem italienischen Postauto. Ein kalter Herbstwind empfing ihn. Er stellte die Reisetasche, die er von Hanna ausgeliehen hatte, auf den Boden, setzte sich die Wollmütze auf, knöpfte seine Daunenjacke zu, vergrub die Hände in den Hosentaschen und wartete auf Pierluigi. Er schaute auf die Uhr. Der Bus war zehn Minuten früher angekommen, als der Fahrplan versprach. Gubler nahm die Tasche, überquerte die Strasse und stieg die ersten Stufen zum Friedhof hinauf, als hupend der Hotelbus des Miramoggia aus einer Seitengasse auftauchte.

Der Chauffeur öffnete die hintere elektrische Schiebetür und liess ein freundliches «Prego» folgen.

Gubler stieg ein.

Auf der Fahrt zum Hotel folgte er dem hitzigen Disput zwischen dem Fahrer und seinem Beifahrer. Es ging um «calcio». «Was glauben Sie?», fragte ihn der Beifahrer. «Wer wird Meister?»

Sie hatten das Hotel erreicht.

«Die Young Boys», gab Gubler zur Antwort und stieg lachend aus dem Bus.

Die Eingangshalle des Hotels war im Zwischensaisonschlaf. Weisse Tücher bedeckten die in einer Ecke zusammengeschobenen Tische und Sessel. Vor dem Cheminée war eine graue Plastikplane ausgelegt. Ein Ofenbauer war damit beschäftigt, mit einem Bohrschlaghammer den alten Kamin abzubauen. Ein Dampfsauger lag vor dem Eingang zum Speisesaal und wartete auf den nächsten Einsatz. Eine gelbe Bretterwand trennte die Rezeption von der Eingangshalle. Eine Kuhglocke aus Bronze hing an einem Winkeleisen. Unmittelbar unter der Glocke war ein Schild angebracht: *Suonare, per favore.*

Er zog an der roten Kordel, die am Klöppel befestigt war.

Aus dem Büro ertönte ein wegen des Baulärms kaum hörbares «Avanti». Gubler öffnete die provisorische Holztür.

Die Rezeptionistin war offenbar über seine Ankunft informiert worden. Nach einer herzlichen Begrüssung erklärte sie ihm, dass der Direttore noch an einer Sitzung sei. «Ritorna tra un'ora.» Sie drückte ihm den Zimmerschlüssel in die Hand. «La stessa stanza come l'ultima volta. L'ascensore è fuori servizio.»

Die Geschwindigkeit der Informationen war definitiv zu schnell für ihn. Das Italienisch der Sekretärin war eine Fremdsprache für ihn. Mit einem verdatterten «Grazie» nahm er den Schlüssel entgegen. Pierluigi Nani hatte darauf bestanden, dass er trotz Umbau im Hotel wohnte, und ihm wieder die Suite angeboten. Gubler ging zum Lift und drückte den Knopf. Eine Mitarbeiterin, die in der Nähe mit dem Auswechseln der Filzgleiter an den Stühlen beschäftigt war, lächelte ihn an: «È fuori uso.»

«Ähm, wie bitte?»

Die Mitarbeiterin winkte ab: «Non parlo tedesco!»

«Si, grazie.» Gubler nahm die Treppe. Er musste sich an einem Bodenleger vorbeizwängen, der mit einem groben Eisenschaber den alten Teppich von den Stufen löste. Im obersten Stock angekommen wurde er von zwei Elektrikern begrüsst, die auf einem Podest Kabel für die neue Beleuchtung aus runden Löchern zogen.

Irgendwo hatte er das Datum der Wiedereröffnung gelesen. Er konnte sich nicht vorstellen, dass diese Baustelle in zwei Wochen wieder ein Ferienressort sein sollte.

Im Zimmer zog er die Schuhe aus, warf seine Jacke auf das Bett und öffnete ein Fenster. Ein kalter Luftzug vermischte sich mit der abgestandenen Luft, die im Raum herrschte. Er legte sich auf das Bett und schloss die Augen. Die Erinnerungen an die schönen Stunden, die er hier mit Hanna verbracht hatte, wichen immer wieder den Gedanken an Domenico und der Frage, was dieser ihm zu berichten hatte. Er nahm sein Handy und wählte Hannas Nummer.

Gubler schreckte hoch. Ein lautes Klopfen an der Tür hatte ihn aus dem Schlaf gerissen. Einen Moment lang wusste er nicht, wo er war. Offensichtlich musste er nach dem Gespräch mit Hanna eingeschlafen sein.

«Commissario, sind Sie da?», hörte er den Hoteldirektor rufen.

«Ja, ich komme sofort.»

«Gut. Ich warte unten an der Rezeption.»

Er ging ins Badezimmer und wusch sich das Gesicht mit kaltem Wasser.

Auf dem Flur war Ruhe eingekehrt. Auch auf der Treppe wurde nicht mehr gearbeitet. In der Empfangshalle unterhielt sich Nani mit dem Ofenbauer. Als er Gubler sah, verabschiedete er sich vom Handwerker und kam auf ihn zu. Es folgte eine herzliche Begrüssung und die Aufforderung, sofort mitzukommen.

«Gehen wir. Annarosa, meine Frau, wartet mit dem Nachtessen. Und sie hasst es, wenn man zu spät kommt.»

Sie stiegen in den Hotelbus. Nani brauste los.

Gubler ass bereits die zweite Portion Sciatt. Diese Käsespezialität aus dem Veltlin hatte es ihm angetan. Annarosa schöpfte ihm aus einer grossen Salatschüssel fein geschnittenen grünen Cicoria.

Während des Essens verlor Pierluigi kein einziges Wort über Domenico. Schliesslich nahm Gubler den Faden auf: «Was glaubst du, warum Domenico mich sehen will?»

«Ich habe keine Ahnung. Er bat mich, dir mein Auto zu leihen, und du sollst ihn morgen bei ihm zu Hause abholen.»

Gubler schwieg.

«Ich muss gestehen», Pierluigi putzte sich mit der Serviette einen Ölfleck vom Hemd, «seine Bitte überraschte mich.»

Als Pierluigis Frau ihm eine weitere Portion Sciatt geben wollte, winkte Gubler ab. «Glaubst du, dass er mir doch etwas offenbaren will?»

«Domenico hatte kein wirklich schönes Leben. Die ganze Last, die er alleine zu tragen hatte oder tragen wollte, wird zu schwer. Ich glaube, er möchte sich von einem Teil dieser Last befreien.»

Seit Pierluigis Anruf hatte sich Gubler unzählige Gedanken gemacht, was wohl der Grund sein mochte, dass Domenico ihn sehen und sprechen wollte. Nach seinem letzten Besuch hatte der Fall für Gubler eine neue Bedeutung erhalten. Plötzlich war er sich nicht mehr sicher, ob er die Wahrheit herausfinden wollte.

Nach dem Nachtessen genossen sie noch das magische Tiramisù der Nonna. Pierluigi fuhr ihn ins Hotel zurück und überliess ihm den Schlüssel des Land Rovers.

Die Sonne schien Gubler ins Gesicht. Er stand auf, suchte seine Kleider zusammen und ging ins Bad.

Mit nassen Haaren verliess er das Zimmer. Er zwängte sich an fleissigen Arbeitern vorbei hinunter in die Halle und suchte den Personalraum. Dort schnappte er sich ein Brötchen und zwei Scheiben Mortadella. Während er den zweiten Kaffee aus dem Pappbecher trank, las er die Nachrichten von Hanna.

Nach dem behelfsmässigen Frühstück stieg er in den grünen Land Rover, den Pierluigi ihm überlassen hatte, und fuhr los. Als Domenicos Haus in Sicht kam, erhöhte sich sein Puls. Gubler befand sich in einer völlig neuen Situation. Noch nie war er an eine Befragung gegangen, ohne sich vorher vorzubereiten. Er wusste schlicht nicht, was ihn erwartete.

Er parkte das Fahrzeug vor dem Haus, stieg aus und ging näher. Das Gartentor, das bei seinem letzten Besuch noch an einem Scharnier gehangen hatte, lehnte jetzt an einem der verfaulten Pfosten. Gublers warmer Atem wurde in der Kälte zu Dampf.

Langsam ging er zur Haustür. Sie war nur angelehnt. Er drückte sie vorsichtig auf. «Domenico, sind Sie da?» Er erwartete jeden Moment das Kläffen von Skippi.

Nichts. Nur Stille.

«Domenico. Sind Sie zuhause?», versuchte er es erneut.

Er hörte, wie ein Stuhl beiseitegerückt wurde. «Chi è?»

«Ich bin's. Gubler», rief er in das Haus. «Commissario Gubler.»

«Kommen Sie herein.»

Er trat in den Flur und zog die Eingangstür hinter sich ins Schloss. Das Haus war kalt. Aus einer Tür am Ende des dunklen Gangs schien ein schwaches Licht. Gublers Herz klopfte wie wild. Als er den Flur entlangging, bereitete er sich innerlich auf einen zähnefletschenden Angriff von Skippi vor.

Domenico stand in der Tür der grossen Küche. Seine Augen waren geschwollen und sein Atem ging schwer. Gubler hatte den Eindruck, dass er seit ihrem letzten Treffen nochmals um Jahre gealtert war.

«Kommen Sie.» Er drehte sich um und ging, mit dem rechten Bein schwer schlurfend, am Küchentisch vorbei.

Gubler folgte ihm. Im Holzofen brannte ein Feuer. Neben dem Ofen lag ein Stuhl am Boden. Seine Augen durchmassen forschend die ganze Küche. An einer Wand sah er einen Schrank. Die Tür stand offen. Er war vollgestopft mit Kleiderstössen, die kurz davor waren, herauszufallen. Er vermutete, dass dies der einzige Raum war, der von Domenico noch bewohnt wurde.

Dieser hatte sich inzwischen auf das Bett gesetzt, das gegenüber vom Ofen stand. Skippi lag zusammengerollt unter einer Decke.

Gubler hob den Stuhl vom Boden auf und setzte sich.

Domenico sah nicht auf. Seine Augen waren starr auf den Hund gerichtet. «Il dottore sta arrivando.» Er strich seinem Hund sanft über den Kopf. «Er wird dich erlösen.» Er schluckte schwer.

«Was fehlt ihm?»

Domenico hob die Schultern. «Nierenversagen.»

«Und das kann nicht behandelt werden?»

«Nicht bei ihm. Er ist zu alt.»

Die Haustür wurde geöffnet, und ein lautes «Permesso» drang zu ihnen in die Küche. Kurz darauf betrat der Tierarzt mit einer grossen, braunen Tasche den Raum.

Tränen füllten Domenicos Augen.

Gubler erhob sich vom Stuhl und trat ins Freie. Er musste an Sky denken.

Das laute Zuschlagen der Heckklappe des alten Lada holte Gubler zurück in die Gegenwart.

Der Tierarzt hatte seine undankbare Arbeit getan und den leblosen Skippi in den Kofferraum gelegt. «Geben Sie ihm noch fünf Minuten», sagte der Arzt und fuhr los.

Domenico sass am Küchentisch. Vor ihm lagen zahlreiche Fotografien und eine Kartonschachtel. Er hielt ein Bild in der Hand und starrte regungslos darauf. Gubler setzte sich zu ihm.

«Was wollen Sie von mir, Commissario?»

«Dasselbe könnte ich Sie fragen.» Gubler trat die Flucht nach vorne an. «Sie haben mich gerufen.» Er machte eine Pause. «Domenico, ich glaube, dass wir beide mit Antworten aus diesem Gespräch gehen wollen.»

Domenico gab ihm das Foto, das er die ganze Zeit in der Hand gehalten hatte. Auf dem Bild war noch schwach eine Frau mit ihrem Kind im Arm zu erkennen.

«Chiara und …»

«Aurora», nickte Domenico. Er schob mit zitternder Hand weitere Fotos über den Tisch. Ein einziges Bild war in Farbe. Es zeigte sein Haus und den grossen, gepflegten Garten mit in allen Farben leuchtenden Blumen, tiefgrünen Büschen und Kräutern verschiedenster Art. «Sie wusste, wie man einen Garten zu pflegen hatte.»

Gubler legte das Foto zurück auf den Tisch und schaute sich ein anderes an. Es zeigte Chiara Hand in Hand mit einem mittelgrossen Mann. Beide hatten die Hosen bis über die Waden hochgekrempelt und liefen barfuss an einem Strand entlang. Er blickte Domenico an.

Kaum erkennbar nickte dieser erneut: «Pietro.»

Gubler betrachtete das Bild: Pietro lachte und seine Zähne strahlten weiss, als würde er für eine Zahnpasta Werbung machen. Chiara hatte den typischen Gesichtsausdruck, den nur Verliebte haben. Sie war etwa einen Kopf kleiner als Pietro. Die kleinen Fältchen verrieten, dass sie viel lachte.

Ein weiteres Foto zeigte fünf Männer vor der Cheva da Fex. Zwei davon erkannte Gubler sofort. Domenico und Pietro.

Ein heftiger Weinkrampf erfasste Domenico.

Gubler schwieg. Er kannte diese Situation. Wie oft hatte er bei Einvernahmen die erleichternde, ja fast reinigende Wirkung des Weinens erlebt. Die Worte seines damaligen Therapeuten kamen ihm in den Sinn: «Weinkrämpfe können auch eine physische Ursache haben, aber sie zeigen auch, dass man eine Menge unbewusster Emotionen aufgebaut und nicht verarbeitet hat. Beim Weinen wird buchstäblich Stress aus dem Körper hinausgespült.» Er liess Domenico Zeit und betrachtete das Bild der Männer vom Steinbruch eingehend.

Pietro war der zweite von links. Domenico stand ganz rechts aussen. Alle hatten trotz der harten Arbeit ein Lachen auf dem Gesicht. Pietros Kleidung schien im Gegensatz zu den anderen schon fast sauber. Über dem Wollrollkragenpullover trug er eine Lodenjacke mit einem grossen V-Ausschnitt. Ein Gurt, der das Kleidungsstück über dem Bauch zusammenhielt, betonte seinen kräftigen Oberkörper. Eine Schiebermütze bedeckte einen Teil seiner schwarzen, lockigen Haarpracht. Ein gepflegter Bart unterstrich sein kantiges Gesicht und die markante Nase. Seine Erscheinung beeindruckte Gubler, und er war überzeugt, dass Pietros Aussehen beim weiblichen Geschlecht durchaus für schlaflose Nächte gesorgt haben mochte.

«Wir waren wie Brüder.» Domenico hatte sich wieder gefasst. «Holen Sie Papier und einen Stift aus der Schublade.» Er zeigte auf den Küchenschrank, der neben dem Herd stand. «Das, was Sie von mir hören werden, erzähle ich nur einmal. Und ich werde Ihnen keine einzige Frage beantworten.» Er füllte eine braune, schimmernde Flüssigkeit, Gubler tippte auf Nocino, in zwei kleine Schnapsgläser. Ohne etwas zu sagen, trank er sein Glas aus.

Gubler tat es ihm gleich.

«Wir sind zusammen aufgewachsen. Er war immer mein Vorbild. Wir verbrachten jede freie Minute zusammen. In der Schule sorgte der Lehrer dafür, dass wir getrennt sassen. Wir durften die ganzen Jahre nie nebeneinandersitzen.» Er sah Gubler an. Seine Augen waren matt, ausdruckslos. «Später, in den Jugendjahren, wurden wir Freunde. Echte Freunde. Wir erzählten uns alles. Die Sorgen und die Freuden. Wir jubelten über die Schmetterlinge im Bauch und weinten uns bei Liebeskummer bei dem anderen aus. Es gab keine Geheimnisse. Wir wussten einfach alles voneinander.» Er machte eine lange Pause. «Ich wünschte mir und glaubte fest daran, dass es für immer so bleiben würde.» Er zuckte mit den Schultern. «Wissen Sie, Commissario, ein Wunsch ändert nichts. Eine Entscheidung ändert alles.»

Gubler wollte fragen, was er damit meinte, doch Domenico winkte ab.

«Mit achtzehn Jahren wurden wir ins Militär einberufen. Ich wurde wegen einer angeborenen Sehschwäche von der Wehrpflicht befreit. Pietro hingegen kam zur Marine. Nach

Sizilien.» Domenico schenkte sich einen zweiten Nocino ein. Gubler lehnte ab.

«Nach zwei Jahren Dienst kam er zurück. Er hatte sich verändert.» Gedankenverloren drehte Domenico sein Glas zwischen den Fingern. «Nicht zum Guten, leider.» Er trank das Glas leer. «Ich erkannte meinen Freund nicht wieder. Ich sprach ihn auf seine Veränderung an. Ein höhnisches Lachen folgte auf die Entblössung seines Oberkörpers. Auf der linken Seite seines kräftigen Brustkorbes hatte er eine Tätowierung: *Soldi per gli amici, palle per i nemici, botte per gli indecisi.*

Gubler kannte diese Losung aus einem früheren Fall, der sich in St. Gallen zugetragen hatte: *Geld für Freunde, Kugeln für Feinde, Schläge für Unentschlossene.* «Er gehörte zur Organisation?», fragte er.

«Schlimmer. Er gehörte der Organisation.»

Gubler erschrak. Unter dem Küchenschrank bewegte sich etwas.

Domenicos Blick wanderte zum Schrank. «Komm, Peppita» Er lächelte. «Sie ist es nicht gewohnt, dass ich Besuch habe. Peppita, komm schon. Vor dem Commissario musst du keine Angst haben. Er isst keine Mäuse.»

Gubler schaute gebannt zum Schrank. Da huschte eine kleine Maus hervor, blieb auf halbem Weg stehen und zuckte mit dem Kopf, als wollte sie Domenico begrüssen.

«Alles gut, Peppita.» Domenico legte die linke Hand auf den Boden. Die Maus setzte sich in seine Handfläche. Zärtlich streichelte Domenico der Maus mit dem Zeigefinger über den Kopf. «Geh fressen, Peppita.»

Die Maus machte keine Anstalten, sich zu bewegen.

«Skippi kommt nicht mehr, ich hab's dir doch erklärt.» Domenico öffnete die Hand. Mit einem sanften Schubs beförderte er Peppita auf den Tisch. Die Maus krabbelte flink am Tischbein herunter und rannte zum Futternapf.

Gubler war platt.

«Sie haben eine Maus!»

«Ich habe eine Maus.»

Beide lachten.

«Wozu brauchen wir das Fahrzeug? Was wollen Sie mir zeigen?», fragte Gubler.

«Später», antwortete Domenico. Er schaute auf das leere Blatt, das auf dem Tisch lag. «Sie haben sich keine Notizen gemacht.»

Gubler nickte. «Erzählen Sie weiter, Domenico. Sie sagten, er gehörte zu einer Organisation? Sie meinen damit, dass er zur Ma...»

Domenico machte ihm ein Zeichen, dass er schweigen solle. «Nehmen Sie dieses Wort nicht in den Mund, Commissario.» Er wühlte in der Kartonschachtel mit den Fotos. «Pietro war immer wieder für Tage verschwunden und tauchte dann wieder auf. Sein Gemütszustand wurde immer schlimmer. Er verschloss sich immer mehr, und dann ...» Er seufzte: «Ich war in Chiara verliebt, doch leider war diese Liebe nur einseitig. Ja, es gab den einen oder anderen körperlichen Kontakt, der mich schweben liess, aber Liebe war es aus Sicht von Chiara nie. Bei Pietro hingegen öffnete sie ihr Herz. Pietro wusste, dass ich Chiara liebte und dass ich um sie kämpfen würde. Er machte mir unmissverständlich klar, dass ich die Hände von ihr lassen sollte. Am Anfang ignorierte ich seine Warnungen, bis er eines Tages Ernst machte. Botte per gli indecisi.» Domenico zeigte auf sein rechtes Ohr. «Er zerschmetterte mir das Trommelfell.» Eine Träne rann an seiner Wange herunter. «Pietro war extrem explosiv und gewalttätig geworden.» Er wischte sich die Träne ab. «Chiara kam am Abend dieses Vorfalles zu mir, um sich für Pietro zu entschuldigen. Sie gab mir aber auch zu verstehen, dass sie bei ihm bleiben werde.» Er schlug nach einer Fliege. «Gegen die Liebe ist man machtlos, Commissario.» Er klaubte einen Zettel aus der Schachtel und gab ihn Gubler:

Liebe mich dann, wenn ich es am wenigsten verdient habe, denn dann brauche ich es am meisten. Domenico, lass mich los, ich werde Pietro nie verlassen. Chiara.

Domenico musste eine Pause machen.

«Können Sie Kaffee kochen, Commissario?»

«Natürlich.»

«Kaffee und Zucker finden Sie im Schrank. Die Caffettiera steht auf dem Herd.»

Gubler ging zum Herd und drehte den oberen Teil der Bialetti ab. Er spülte den Kaffeesatz aus dem Siebträger und füllte den unteren Teil bis zum Überdruckventil mit frischem Wasser. Aus dem Schrank nahm er die zerbeulte Dose mit dem Kaffeepulver. Den Zucker fand er hinter der linken, kaputten Glasscheibe, die mit einem braunen Klebeband notdürftig repariert war. Als er den Deckel von der Dose nahm, schoss ihm ein ranziger Duft in die Nase. Seine Suche nach einer ungeöffneten Kaffeepackung blieb erfolglos. Er füllte das Pulver in die Espressomaschine, zündete den Gaskocher an und setzte die Bialetti darauf. Er blieb neben dem Kaffeekocher stehen und wartete, bis das typische Zischen aufgehört hatte. Mit den beiden gefüllten Espressotassen und der Zuckerdose kam er zurück an den Tisch.

Domenico trank den Kaffee schwarz.

Gubler mit drei Löffeln Zucker.

«Eines Tages kam Pietro zu mir. Er brauche Arbeit. Ich solle ein gutes Wort für ihn einlegen.» Domenico suchte nach einem Foto in der Kartonschachtel. «Die Arbeit in der

Cheva war hart und ohne Annehmlichkeiten.» Er gab Gubler das Foto. «Doch wir waren eine verschworene Bande, und es mussten alle einverstanden sein, bevor ein neuer ‹socio› in unserer Mitte aufgenommen wurde. Vertrauen und Loyalität waren oberste Gebote.» Er rührte mit dem Löffel in der leeren Tasse. «Alle kannten Pietro, und wir wussten um seine gefährliche Verbindung. Über seine Geschäfte wussten wir aber nichts.»

Gubler legte das Foto auf den Tisch und zeigte auf Pietro. «Wie ich sehe, waren alle einverstanden.»

Domenico nickte. «Ja. Mit einer Bedingung.»

«Bedingung?» Gubler war froh, dass sich langsam ein Dialog entwickelte.

«Er musste sich ohne eine Ausnahme an unsere Vorgaben halten.»

«Und falls nicht?»

«Musste ich dafür sorgen, dass er auf der Stelle verschwand.»

«Ich vermute, er hielt sich nicht an eure Vorgaben.»

«Die ersten Wochen vergingen ohne Probleme. Ich hatte schon Hoffnung, dass alles wie früher würde.» Domenico vergrub den Kopf in seinen Händen. «Es blieb bei der Hoffnung. Denken Sie daran, Commissario: Enttäuschungen öffnen dir zwar die Augen, aber verschliessen dir dein Herz.»

Während Gubler über diesen Satz nachdachte, fuhr Domenico fort: «Ich habe versucht, mit ihm zu reden, aber er hatte nur ein müdes Lächeln für mich übrig. Die Geschäfte waren ihm wichtiger. Seine eigene Dummheit zu erkennen ist sehr schmerzhaft. Pietro brauchte die Arbeit in der Cheva nur als Vorwand. Alle zwei Wochen verliess er die Cheva und kam erst Tage später wieder.»

«Wollten Sie nie wissen, wohin er ging oder was er machte?»

«Nein. In den Kreisen, in denen Pietro sich bewegte, war es lebensgefährlich, wenn man zu viel wusste.»

«In den Akten der Einvernahme war von einem Streit die Rede.» Gubler holte sein Notizbuch hervor und zitierte die Passage aus den Akten: «Mario Zerri gibt zu Protokoll, dass ein Streit zwischen Pietro und Domenico ausgebrochen sei. Den Grund des Streits kenne er nicht. Er glaube nur gehört zu haben, dass von einem Brief die Rede war.» Er klappte sein Notizbuch zu.

Domenico erhob sich mit unendlicher Mühe vom Stuhl, nahm seine Krücke und humpelte zum Fenster. Er stützte sich am Fenstersims ab und sah durch die milchige Scheibe hinauf zum Piz Tremoggia. «Es war ein Donnerstag, früh am Morgen, als wir in der Cheva eintrafen.»

Gubler öffnete das Notizbuch erneut und griff zum Bleistift. Er wollte Domenico nicht unterbrechen.

«Wir waren am Vortag kurz nach Mittag aufgebrochen, um unsere Liebsten zu besuchen.»

Gubler stutzte. «Was war der Grund, dass ihr alle ...», er machte eine Kunstpause, «an einem Mittwoch nach Hause gegangen seid?»

«Valentinstag. Wir alle. Ausser Pietro. Wir wollten unsere Familien besuchen. Pietro blieb alleine in der Cheva. Mittlerweile wussten wir, dass er gefährliche Botengänge machte. Er bat mich, Chiara zu grüssen und ihr mitzuteilen, dass es bald vorbei sei.»

«Was sollte bald vorbei sein?», wollte Gubler wissen, doch Domenico machte ihm ein Zeichen zu schweigen.

«Am späten Freitagabend traf er völlig nassgeschwitzt in der Cheva ein. Er war sehr nervös und äusserst reizbar. Wir liessen ihn in Ruhe, bis er sich wieder beruhigt hatte.»

«Botengänge, sagten Sie? Was für Botengänge?»

Domenico schwieg. Unbeweglich sass er da, durchs Fenster hinauf zum Piz Tremoggia starrend.

Gubler spürte, wie Domenico mit sich rang. Er zwang sich, nicht weiter zu insistieren. Er wusste aus Erfahrung, dass man in gewissen Situationen gerade ohne hartnäckiges Nachfragen alles erfahren konnte. Er wandte sich dem Herd zu. «Soll ich nochmal Kaffee kochen?»

Domenico schüttelte den Kopf. «Nein. Danke.» Dann gab er sich einen Ruck: «Nebst dem Warenschmuggel, der von der Schweiz, sagen wir einmal, geduldet wurde, kam auch ‹heisse Ware›, wie wir sie nannten, über die weisse Grenze.»

Die weisse Grenze. Gubler erinnerte sich an die Broschüre. Er griff nach seiner Tasche und zog nach kurzem Durchwühlen das Heftchen heraus. Er musste nicht lange blättern, bis er die gewünschte Stelle gefunden hatte. Er las Domenico vor: «Während des Zweiten Weltkriegs wagten Flüchtlinge und Deserteure die strapaziöse und gefährliche Flucht über den Tremoggia-Pass.»

Domenicos Blick suchte die Augen von Gubler.

«Pietro kassierte sein Geld also mit dem Schmuggel von Menschen?»

«Nein!», antwortete Domenico. «Verdient haben andere. Pietro war nur der Schlepper!»

«Welche anderen?»

«Tschumy und seine Bande!», kam es wie aus der Pistole geschossen zurück.

«Tschumy?» Gubler konnte seine Überraschung nicht verbergen.

«Il primo e il secondo!» Domenico nahm einen ganzen Stapel Fotografien aus der Schachtel. Er schaute ihn Bild für Bild durch, bis er fand, wonach er gesucht hatte. Er legte das Foto auf den Tisch. «Der Erste und der Zweite, wie wir sie nannten.»

Auf dem Bild waren zwei Männer von kleiner Statur zu sehen, die sich alle Mühe gaben, ihren Gesichtsausdruck abgekämpft von der Arbeit erscheinen zu lassen. Beide hatten einen Hammer und ein Spitzeisen in der Hand. Hinter ihnen war der Eingang der Mine zu erkennen.

Gubler nahm das Foto in die Hand, sein geübter Blick übersah das kleine Detail nicht: Über dem Kopf von Tschumy, dem Zweiten, war von Hand ein kleines Kreuz gezeichnet worden. Es sah aus wie ein Totenkreuz. Er zeigte mit dem Finger auf das Symbol.

«Später», antwortete Domenico. «Pietro nahm die Deserteure am Treffpunkt in Chiareggio in Empfang. Zum Teil bis zu zehn Personen. Meistens Männer in mittlerem Alter, selten Frauen. Er brachte sie über den Pass nach Fex, wo sie dann für den weiteren Weg von anderen Schleppern übernommen wurden. Il primo e il secondo waren die Verwalter zwischen den Sendern und Empfängern, so die Bezeichnung der Leute aus der Organisation. Nach Übergabe der Deserteure wurden Pietro die «Reisegebühren» für den Cassiere ausgehändigt.»

Gubler machte sich zum ersten Mal während des Gesprächs mit Domenico Notizen.

«Sobald das Wetter es zuliess, lieferte Pietro das Geld ab, und es wurde die nächste Wanderung vereinbart.»

«Und was hatte die Cheva für eine Funktion in diesem Geschäft?»

«Überhaupt keine!»

«Sie sagten doch, die Übergaben fanden in Fex statt.»

«Ja. In Fex. Nicht im Steinbruch. Den nutzten die Tschumys als Tarnung und Unterkunft für Pietro.»

«Wieso Tarnung?»

«Im Sommer war der Schmuggel kein Problem, da kaum Spuren hinterlassen wurden. Aber im Winter sah man jeden

Schritt im Schnee. Da kam es den Schleppern gelegen, dass wir den Weg für sie legten.»

«Sie sagten, dass Pietro an diesem ...», Gubler suchte die Notiz, «an diesem Freitag äusserst nervös und nassgeschwitzt in der Cheva angekommen sei. Was war der Grund?»

«Ich weiss es nicht.»

Gubler sah, dass Domenico log. «Haben Sie ihn nicht nach dem Grund seiner Nervosität gefragt?», hakte er nach.

Domenico schüttelte den Kopf. «Nein. Ich übergab ihm Chiaras Brief, den sie mir für ihn mitgegeben hatte. Als Pietro den Brief las, bekam er einen Tobsuchtsanfall. So hatten wir ihn noch nie erlebt. Er lief fluchend aus der Hütte, schlug seinen Kopf an den Türrahmen und schrie immer wieder: ‹Maledetta merda. Non adesso.›»

«Was meinte er damit?»

«Das habe ich ihn auch gefragt.» Domenicos Stimme zitterte: «Pietros Blick war erstarrt. Sein Gesicht war grau, und aus seinen Augen sprach die pure Verzweiflung. ‹Lei aspetta un bambino!›, schrie er hysterisch.»

Mittlerweile hatte die Sonne den Berggipfel überstiegen, und schwache Strahlen erhellten die Küche. Domenico erhob sich und humpelte zum Holzherd. Er nahm die letzten Holzscheite aus dem Flechtkorb, öffnete die Feuerraumtür und legte das Holz in den Herd. Er zog den Aschenkasten einen Spalt auf. Die frische Luft entfachte die rote Glut zu neuem Leben. Er schloss die Eisentür und drehte am Schieber des Ofenrohres. Dann griff er nach einem langen, schwarzen Rundeisen und hakte es im Korb ein. Er machte eine Geste zu Gubler: «Kommen Sie! Wir gehen Holz holen.» Humpelnd schleifte er den Korb hinter sich nach draussen.

Hinter dem Haus stand ein bis unter das Steindach gefüllter Holzschopf. Neben dem Schopf lagen halb zugedeckt ungespaltene Baumstämme, die darauf warteten, zu Holzscheiten verarbeitet zu werden.

Gubler half Domenico beim Beladen des Behälters.

Es war angenehm warm geworden. Domenico setzte sich auf die Bank vor dem Haus und machte Gubler ein Zeichen, neben ihm Platz zu nehmen.

«Pietro gab mir den Brief von Chiara. Es zeriss mir fast das Herz, als ich den Brief las. Sie war schwanger. Sie bat ihn zurückzukommen. Sie wollte, dass er mit der Schmuggelei aufhört und sich eine seriöse Arbeit sucht.» Domenico schnäuzte die Nase in ein Taschentuch. «Meine Meinung, dass Chiara recht habe und er sich jetzt um seine Familie kümmern müsse, machte ihn noch wütender. Zwischen uns entbrannte ein wüster Streit. All die verschwiegenen Worte der letzten Jahre brachen aus uns heraus, und nur das beherzte Eingreifen der anderen Giovellai verhinderte, dass er mich ...» Seine Stimme versagte. «Ausser sich vor Wut verliess er die Cheva», konnte er nur noch flüstern.

«Und ihr? Weshalb seid ihr ihm gefolgt?»

«Der einsetzende Schneefall. Wir alle kannten den Weg über den Pass. Bei schönem Wetter war der Übergang kein Problem, bei schlechter Sicht jedoch lebensgefährlich.» Er schlug die Hände auf seine Oberschenkel. «Und dann war da noch der Kodex.»

«Der Kodex?»

«Der Ehrenkodex.» Domenico öffnete zwei Knöpfe an seinem Hemd und streifte eine Halskette ab. Er umschloss sie mit der Hand und drückte so fest zu, dass sich die Knöchel der Faust weiss färbten. Langsam öffnete er die Faust und gab Gubler die Kette, an der eine Plakette hing: *Sii fedele ai tuoi compagni in ogni situazione, sempre.*

Gubler verstand es nicht.

«Sei deinen Gefährten in jeder Situation treu. Immer.» Domenico nahm die Kette wieder an sich und steckte sie in seine Jackentasche. «Wir nahmen die Verfolgung auf. Aber Pietro hatte ein enormes Tempo angeschlagen. Wir schafften es nicht, ihn einzuholen. Bis zur Gletscherzunge konnten wir seiner Spur folgen, doch Nebel und Schneefall wurden immer stärker. Es war unmöglich weiterzugehen.» Er begann, leise zu summen: «Era una notte che pioveva e che tirava un forte vento», erklärte er, «wir sangen dieses Lied im Nebel und bei schlechtem Wetter. Es gab uns Mut und es hielt uns zusammen. Wir kannten jede einzelne Stimme und wussten so immer, ob wir noch alle beisammen waren.»

«Kannte Pietro das Lied auch?»

«Natürlich. Aber er konnte uns wahrscheinlich nicht hören oder wollte es nicht.»

«Und dann habt ihr beschlossen, die Suche abzubrechen?»

«Ja. Wir waren uns alle einig, dass es nicht möglich war, ihn zu finden. Wir entschlossen uns, in die Cheva zurückzugehen. In diesem Moment lichtete sich der Nebel etwas, und für einen kurzen Moment war der ganze Gletscher sichtbar. Wir sahen Pietro. Er war keine dreihundert Meter von uns entfernt. Wir schrien wie von Sinnen seinen Namen. Er blieb stehen. Wir schrien weiter und fuchtelten wie wild mit den Armen. Wir machten ihm Zeichen, dass er umkehren solle, aber ...»

«... er ging weiter», beendete Gubler den Satz.

Domenico schüttelte den Kopf. «Nein.»

«Nein?»

«Ein Schuss fiel, und wir sahen, wie Pietro zurückgeschleudert wurde und zu Boden ging. Er versuchte aufzustehen, brach aber wieder zusammen.»

Hastig schlug Gubler sein Notizbuch auf. Er blätterte Seite um Seite zurück, bis er die richtige Stelle fand. Er zeigte Domenico die Notizen. Der bedeutete ihm, dass er ohne Brille nicht genug sehen könne, um zu lesen.

«Das kann so nicht geschehen sein.»

«Was meinen Sie damit?» Domenico konnte ihm nicht folgen.

«Über den angeblichen Schuss habe ich eine andere Aussage.» Er begann, aus seinem Notizbuch vorzulesen: «‹Um ca. 17:00 Uhr glaubten die oben bereits Erwähnten› – damit seid ihr gemeint – ‹einen Schuss gehört zu haben, was sie veranlasste, eine Suchaktion zu starten, die aber wegen des schlechten Wetters abgebrochen wurde, ohne dass Fracassi gefunden worden war.›» Er klappte das Notizbuch zu. «Sie sehen mein Problem?»

Domenico drückte sich mit den Armen von der Bank hoch, nahm seine Krücke und humpelte zum Land Rover.

«Kommen Sie, Commissario.»

Gubler war irritiert. Er wollte Antworten auf die Ungereimtheiten zwischen dem Polizeirapport und Domenicos Erzählung. Er wurde ungeduldig, aber er zwang sich, ruhig zu bleiben. Irgendwie spürte er, dass er heute alles erfahren würde. Domenico wollte erzählen. Am Fahrzeug angekommen, half er Domenico beim Einsteigen. Er schloss die Tür, ging um das Fahrzeug herum, stieg ein, startete den Motor und fuhr los.

Domenico räusperte sich. «Ich habe den Polizeirapport von dazumal nie gelesen. Aber das, was Sie vorgelesen haben, entspricht nicht der Wahrheit. Von der Cheva bis hinauf zum Gletscher können sie unmöglich einen Schuss hören.»

«Dann erzählen Sie mir, was geschehen ist.»

«Keiner von uns hatte gesehen, von wo die Schüsse kamen. Der Nebel schloss sich wieder. Die Angst lähmte uns.

Unfähig, eine Entscheidung zu treffen, standen wir erstarrt auf dem Gletscher. Der Schneefall wurde stärker. Ich schrie meine Kameraden an, dass wir ihm helfen müssten. Sie wollten mich zurückhalten. Nebelschwaden krochen über die Berggipfel und verschluckten langsam die Gegend. Ich rannte los. Geradeaus in Richtung des roten Flecks im Schnee.» Domenico wischte sich über das Gesicht. «Der Nebel wurde immer dichter, und von einer Sekunde auf die andere sah ich nichts mehr. Alles war in ein gefährliches Weiss gehüllt. Ich stimmte unser Lied an. Immer lauter. Meine Kameraden sangen mit. Meinem Gefühl folgend hielt ich nach etwa zweihundert Schritten an. Ich rief Pietros Namen, horchte auf eine Antwort, lief wieder los. Immer fünfzig Schritte. Rufen. Horchen. Wieder fünfzig Schritte. Plötzlich stolperte ich, schlug mit dem Kopf auf dem Gletscher auf. Warmes Blut rann mir über das schmerzende Gesicht. Erschöpft und am Ende meiner Kräfte suchte ich nach einem Taschentuch.» Er zeigte auf die schlecht verheilte Narbe über seiner linken Augenbraue. «Ich versuchte, die blutende Wunde zu stillen, und machte mich bereit für die nächsten fünfzig Schritte. Doch ich musste die Suche abbrechen. Der dichte Schneefall zwang mich zur Umkehr. Ich schrie zum letzten Mal nach Pietro. Horchte. Und ...»

Gubler hatte das Fahrzeug mittlerweile auf einem Parkplatz angehalten. Er konnte sich nicht auf den Verkehr konzentrieren, während er den Ausführungen von Domenico zuhörte.

«... und da hörte ich ein leises, schwaches Röcheln. Pietro versuchte mit letzter Kraft, unser Lied zu singen.»

«Sie waren über Pietro gestolpert.»

Domenico nickte zum Fenster hinaus. «Ja.»

Gubler liess das Fenster auf der Beifahrerseite herunter. Kalte Herbstluft füllte das Fahrzeug.

«Er lebte noch. Doch der Schuss hatte ihn …»

«… an der Schulter getroffen», beendete Gubler.

Domenico sah ihn erschrocken an. «Woher wissen Sie es?»

«Ich wusste es nicht. Es war eine Vermutung, als ich die kaputte Schulter sah.» Gubler fuhr das Fenster wieder hoch. «Pietro lebte also noch, als Sie ihn fanden.»

«Ja. Er hatte viel Blut verloren. Ich sagte ihm, er solle ruhig liegen bleiben, wir brächten ihn nach Hause.»

Gubler wollte eine Frage stellen, doch Domenico winkte energisch ab. «Pietro versuchte, etwas zu sagen, doch seine Stimme war zu schwach. Ich bückte mich zu ihm hinunter. Ein Hustenanfall überkam ihn. Aus seinem Mund floss Blut. Ich wischte ihm das Blut ab.» Domenico zitterte.

Gubler startete den Motor, stellte die Heizung auf Maximum und fuhr auf die A 36/37.

«Er hatte sehr viel Geld bei sich. Mit letzter Kraft versuchte er zu reden. ‹Domenico, hilf mir. Ich wollte aufhören. Tschumy hat mich verraten. Er hat die Killer auf mich angesetzt.› Ein weiterer Hustenanfall schüttelte seinen Körper. ‹Hilf mir, Domenico, ich will zu Chiara.› Er klopfte auf seine linke Brust. ‹Hier drin ist genug Geld für meine Familie. Sing unser Lied, Domenico, damit sie uns finden.› – ‹Hör auf zu sprechen›, befahl ich ihm, ‹ich hole Hilfe.› – ‹Bleib hier, Domenico. Was machst du? Sing unser Lied.›»

Domenico sah Gubler in die Augen. Er weinte.

«Ich habe das Geld genommen und bin gegangen. Pietro lebte noch. Ich habe ihn liegen lassen. Ich habe ihn verrecken lassen.» Er konnte nicht mehr sprechen.

Als er sich wieder gefangen hatte, erzählte er im Schnelldurchgang den Rest der Geschehnisse. Dank der Wunde auf seiner Stirn fragte niemand, woher das Blut an seiner Kleidung stammte. Der starke Schneefall, der während einer Woche jeden Tag vom Himmel fiel, verunmöglichte die Suche nach Pietro, und auch eine Nachsuche über Monate durch den Schweizerischen Alpenclub SAC mit Unterstützung von Helikoptern und Suchhunden blieb erfolglos.

«Die Akte Pietro Fracassi wurde geschlossen, und ich begann mit einem unerträglichen Geheimnis langsam zu sterben. Ich hatte mit dem Anwalt von Sils einen Verbündeten, der die Tschumys genauso wenig wie ich mochte. Ihm habe ich die Geschäfte von ‹primo› und ‹secondo› verraten. Er brachte den Stein ins Rollen, der den Handel mit Deserteuren aufdeckten. Dem ‹secondo› wurde der Prozess gemacht. Er wurde zu einer Haftstrafe verurteilt, die aber in eine Geldstrafe umgewandelt wurde. Die ganze Geschichte wurde unter den Teppich gekehrt.»

Gubler notierte den Namen *Perini* in sein Notizbuch. «Und die Tschumys liessen euch in Ruhe? Wollten sie nicht herausfinden, ob ihr ...»

Domenico unterbrach ihn: «Die waren schlau genug oder bekamen den richtigen Tipp, die Sache ruhen zu lassen. Zwei Jahre nach diesem tragischen Ereignis wurde die Cheva stillgelegt. Der Aufwand für den Schieferabbau lohnte sich nicht mehr. Ich kehrte mit einer kaum mehr tragbaren Last nach Chiesa zurück.» Er berichtete weiter, dass er Arbeit bei der Bergbahn Val Malenco fand. Die Zeitzeugen von damals starben einer nach dem anderen, und Pietro geriet in Vergessenheit.

Während er erzählte, fuhren sie auf der Strasse talauswärts.

«Wohin fahren wir eigentlich?», wollte Gubler wissen.

«Immer die Strasse entlang.»

Das Ende der Geschichte liess auf sich warten. «Was haben Sie mit dem Geld gemacht?», brachte Gubler das Gespräch wieder in Gang.

«Nach Pietros Verschwinden bot ich Chiara an, ihr zu helfen. Aber sie wollte meine Hilfe nicht. Sie ging mir konsequent aus dem Weg. Sie klammerte sich an die Hoffnung, dass Pietro noch gefunden würde oder zurückkäme.» Domenico starrte geradeaus. Gubler sah ihn von der Seite an. Es schien ihm, dass Domenico in den letzten Stunden nochmals gealtert war.

«Im August kam Aurora zur Welt. Ich hoffte, dass sich Chiara mir gegenüber öffnete. Diese Situation und mein Wissen über das Geschehene waren kaum auszuhalten. Doch ich wusste, ich musste schweigen. Niemand durfte die Wahrheit erfahren. Die Angst, dass irgendjemand aus der Organisation auftauchen würde, um nach dem Geld zu suchen, zermürbte mich. Ich machte mir Vorwürfe, dass ich Pietro nicht geholfen hatte.»

«Liegen gelassen haben», wollte Gubler präzisieren, wiederholte aber seine vorherige Frage: «Was haben Sie mit dem Geld gemacht?»

«Ich habe es versteckt. Drei Jahre nach meiner Rückkehr von der Cheva habe ich das Haus gekauft. Es war in schlechtem Zustand und niemand schöpfte Verdacht. Ich begann es langsam zu renovieren.»

Gubler kam das Foto in den Sinn. Chiara, Aurora und Domenico auf der Bank vor dem Haus. Und der gepflegte Garten.

«Und wann sind Chiara und Aurora bei Ihnen eingezogen?»

Überrumpelt von dieser direkten Frage schaute Domenico Gubler an.

«Die Aufnahme von euch dreien vor dem Haus», half er Domenico auf die Sprünge.

Domenico seufzte. «Kurz nach dem Kauf des Hauses. Eines Abends stand sie mit der kleinen Aurora und einem Koffer vor mir.»

«Von einem Tag auf den anderen hatte sie sich anders entschieden?», staunte Gubler. «Oder wart ihr euch in der Zwischenzeit nähergekommen?»

«Näher. Was heisst schon näher?» Domenico wischte mit seinem Jackenärmel die beschlagene Beifahrerscheibe frei. «Sie sprach wieder mit mir. Keine persönlichen, tiefgründigen Gespräche. Aber immerhin. Sie sprach. Und immer öfter.» Es fiel ihm schwer, Worte zu finden, die das Verhältnis zwischen Chiara und ihm erklärten. «‹Das Unglück hat mich gelehrt, Unglücklichen Hilfe zu leisten. Das Schicksal wird schon seine Gründe haben.› Mehr hat sie nicht gesagt. Sie drückte mir einen Kuss auf die Wange und schubste Aurora sanft ins Haus. An diesem Tag begannen die glücklichsten Jahre meines Lebens.»

Gubler rechnete. Aurora musste um die siebzehn Jahre alt gewesen sein, als sie den Ort verliess. Aber warum ging sie weg? Gab es einen Streit? Und was war Chiara zugestossen? Hatte Auroras Verschwinden etwas mit Chiara und Domenico zu tun? Die Fragen brannten Gubler auf der Zunge. «Weshalb hat Aurora das Tal verlassen?»

«Fahren Sie einfach weiter. Wir sind bald am zweiten Ziel der Geschichte.»

Gubler schwieg und konzentrierte sich auf die Fahrbahn.

«Chiara erklärte den Haushalt und den Garten per sofort zu ihren Hauptaufgaben. Am Abend nach der Arbeit nach Hause zu kommen und eine warme Mahlzeit auf dem Tisch zu haben und mit Aurora die Hausaufgaben zu erledigen, war ein unglaubliches Gefühl für mich. Ich hatte plötzlich eine Familie, und mein Leben hatte einen Sinn bekommen. Doch bei aller Innigkeit, es bestand eine unüberwindbare Hürde zwischen uns. Pietro hatte mir den innersten Kreis, den Weg zu Chiaras Herz, versperrt. Alles, was mir blieb, war eine platonische Liebe.»

Die Strasse, auf der sie unterwegs waren, wurde jetzt immer enger und kurviger. Gubler musste immer wieder rechts anhalten, um die entgegenkommenden Fahrzeuge passieren zu lassen. Auf der rechten Strassenseite säumten mannshohe Leitplanken den Fahrweg. Ab und zu war flüchtig der steile Abhang zu sehen.

«Halten Sie da vorne an. Da steigen wir aus.» Domenico zeigte auf eine kleine Ausweichstelle. Gubler setze den Blinker und fuhr in die Nische. Er musste das Auto zurücksetzen, damit Domenico die Autotür öffnen konnte.

«Warten Sie.» Gubler stieg aus, lief um das Fahrzeug herum und half Domenico beim Aussteigen. Er setzte das Fahrzeug wieder zwei Meter nach vorne und ging dann zu Domenico. Eine etwa sechzig Zentimeter hohe Mauer sicherte den Ausstellplatz vor dem mit Bergföhren bewachsenen Abgrund. Am Fuss des Abhanges schlängelte sich ein kleiner Bach talauswärts.

Domenico hatte die Hände gefaltet und murmelte ein Gebet vor sich hin. «Ehe man das Glück begriffen hat, ist es auch schon wieder vorbei.» Er winkte Gubler zu sich. «Alles im Leben soll seinen Grund haben. Aber die Suche nach dem Warum bleibt oft vergebens.»

Domenicos Gedanken führten Gubler immer wieder in seine eigene Vergangenheit zurück. Immer wieder liefen bei ihm die letzten Jahre wie in einem Film ab. Einzelne Ereignisse schlossen sich langsam zu einem Ganzen zusammen. Er verdrängte seine Gedanken aus dem Kopf. Er zwang sich, bei Domenicos Geschichte zu bleiben. Er hatte nicht bemerkt, dass Domenico inzwischen weitergesprochen hatte. Schnell unterbrach er ihn: «Können Sie das bitte wiederholen? Ich war kurz abwesend, entschuldigen Sie.»

«Hier geschah es. Chiara war auf dem Weg nach Sondrio. Sie hatte wohl den Bus verpasst. Wahrscheinlich hatte sie sich entschlossen, wohl in der Hoffnung, dass sie jemand mit dem Auto mitnähme, den Weg zu Fuss zu gehen.» Domenico schlurfte an das obere Ende des Abstellplatzes. Er zeigte auf die Mauer. «Hier an dieser Mauer hat die Polizei Blut gefunden. Chiara lag etwa fünf Meter weiter unten zwischen den Legföhren.»

Gubler wartete.

Domenico schwieg.

«Was war geschehen?»

Domenico konnte nicht antworten. Die Gefühle übermannten ihn.

Gubler zog ihn von der Mauer weg und versuchte, ihn zu beruhigen. Erschöpft sackte Domenico in sich zusammen. Gubler stützte ihn. Domenico weinte bitterlich. Als er sich wieder einigermassen gefangen hatte, löste er sich von Gublers Umarmung und schaute zum Himmel hoch.

«Come mai? Perché hai permesso che accadesse?»

«Erzählen Sie mir, was geschehen ist!»

Domenico schüttelte den Kopf, ging zum Fahrzeug und öffnete die Tür. Gubler half ihm einzusteigen.

«Fahren wir.»

Gubler wendete den Land Rover und fuhr zurück Richtung Dorf.

«Nach Hause?», fragte er.

«Nein. Zum Friedhof», antwortete Domenico.

Domenico wollte jetzt nicht weitererzählen. Gubler schwieg, er rang mit sich. Vor drei Wochen war er noch besessen gewesen, diesen Fall zu lösen. Sein Berufsstolz (oder war es sein Ehrgeiz?) liess es nicht zu, die aus seiner Sicht fehlerhafte Ermittlung ruhen zu lassen. Das schnelle Abschliessen der Staatsanwaltschaft und das Vertuschen des Falls ärgerten ihn.

Und jetzt?

Domenicos Erzählungen liessen den ganzen Fall in einem neuen Licht erscheinen. Auf einmal hatte sich eine andere Sichtweise auf den Fund der Gletscherleiche ergeben. Ergab die ungerechte Freistellung plötzlich einen Sinn? Gubler dachte darüber nach. Er fand keinen.

Aber die Suspension hatte den berühmten Stein ins Rollen gebracht. Ohne Freistellung hätte er keine Schafe gehütet, Hanna nicht kennengelernt und keine Gletscherleiche gefunden. Er schielte zu Domenico, der bewegungslos aus dem Fenster starrte. Dessen Geschichte war beinahe fertig erzählt. Seine begann erst!

Am Friedhof angekommen stiegen sie aus. Er half Domenico, die Treppe hochzusteigen.

Sie gingen zu einem kleinen Grab. Es war schon lange her, dass es von jemandem gepflegt worden war. Das Unkraut hatte den Grabstein über die Jahre zugewuchert.

Domenico riss dürre Gräser ab, bis der Name zum Vorschein kam. Ein leises «Mi scusi, carissima» entfuhr ihm.

Chiara wurde erst drei Tage nach ihrem Verschwinden gefunden. Die genaue Todesursache wurde nie geklärt. Es waren wohl die Verletzungen, die sie sich am Kopf zuzog, als sie von einem talwärts fahrenden Auto erfasst und gegen die Mauer geschleudert wurde. Der Fahrer und das Fahrzeug wurden nie gefunden. An die Theorie der Polizei, dass Chiara von der Wucht des Aufpralls über die Mauer geschleudert wurde, wollte Domenico nie glauben. Er kam zu der Überzeugung, dass es eine Strafe von ganz oben war, für sein feiges, eigennütziges Verhalten auf dem Gletscher.

«Mein Handeln hat vier Leben zerstört!» Domenico strich mit der Hand über den Stein.

«Vier?»

«Pietro habe ich sterben lassen. Chiara wurde getötet. Ich musste mit meiner Schuld leben und Aurora hat eine Woche nach Chiaras Beerdigung das Tal verlassen. Sie ist nie wieder zurückgekehrt.» Domenico nahm seine Krücke, streichelte nochmal über den Grabstein und schlurfte Richtung Ausgang.

«Bitte bringen Sie mich nach Hause.»

Gubler hielt vor Domenicos Haus. Er löste den Sicherheitsgurt und wollte aussteigen. Domenico winkte ab.

«Das war alles, Commissario. » Er sah Gubler an. Seine harten Gesichtszüge waren einem weichen Lächeln gewichen. «Die Reue kommt immer zu spät. Mein Leben war ein ständiges Leiden. Mir fehlte der Mut, um den Weg der Wahrheit einzuschlagen. Ich war geblendet und hoffte, dass Chiara sich irgendwann für mich entscheiden würde, und ich war zu stolz, der Niederlage ins Gesicht zu blicken und sie zu akzeptieren. Und so hat sich der Dorn des Selbstmitleids in all den Jahren tief in mein Herz gebohrt. Mit Skippi hat mich heute mein letzter Freund verlassen.» Seine Stimme wurde leise. «Lieber Gubler. Machen Sie mit meinem Geständnis, was sie glauben tun zu müssen. Ich warte nur noch auf die Erlösung.» Er streckte ihm die Hand zum Abschied entgegen. «Was immer Sie tun, Gubler, bedenken Sie das Ende. Die Wahrheit zu verschweigen bedeutet auch, immer ein bisschen zu lügen. Leben Sie wohl, Commissario, und machen Sie es besser als ich.»

Ohne weitere Worte stieg er aus dem Auto. Er drehte sich nicht mehr um.

Gubler sah ihm nach, wie er ins Haus ging und die Tür hinter sich zuzog.

Er startete den Motor und fuhr los. Er wollte so schnell wie möglich fort von hier. Fort aus diesem Tal. Zurück zu Hanna.

Pierluigi hatte sich anerboten, ihn an den Bahnhof von Tirano zu fahren.

Gubler nahm das Angebot gerne an.

Heimkehr

Gubler hatte den Mantelkragen hochgezogen. Die heruntergefallenen Blätter wurden vom kalten Herbststurm wild herumgewirbelt. Er ging an den Schalter und kaufte sich ein Ticket. Die Uhr am Bahnhof zeigte siebzehn Uhr. Noch vierzig Minuten. Er betrat das Buffet della stazione in Tirano und bestellte sich einen Cappuccino.

Während er der Barfrau zuschaute, wie sie liebevoll die Milch schäumte, dachte er über die letzten Worte von Domenico nach.

«Was immer Sie tun, Gubler, bedenken Sie das Ende. Die Wahrheit zu verschweigen bedeutet auch, immer ein bisschen zu lügen.»

Er steckte in einer Sackgasse. Noch nie war er in einer solchen Situation gewesen. Der Fall der Gletscherleiche war geklärt. Er kannte die ganze Wahrheit. Domenico war nicht der Mörder. Sein Berufsstolz verlangte einen lückenlosen Bericht. Doch für wen? Die Staatsanwaltschaft war nicht interessiert an dem Fall und hatte die Akte geschlossen. Verwandte gab es keine, Aurora hatte sich für ein neues Leben entschieden, und der einzige Verbleibende wartete nur noch auf seinen letzten Tag.

Er legte zwei Euro auf den Tresen und marschierte zum Perron eins. Er setzte sich in die erste Klasse des Bernina Express, nahm sein Handy und wählte die Nummer von Hanna, löschte sie aber wieder. Er schrieb eine Nachricht: *18:53 in Pontresina Bahnhof. Hoffe, Du kannst mich abholen kommen.*

Er tippte eine zweite Nummer ins Telefon. Es läutete sieben Mal, bis sich endlich jemand meldete.

«Perini.»

«Gubler. Du hast gesagt, ich dürfe für weitere Fragen vorbeikommen.»

«Habe ich das gesagt?»

«Hat sich erledigt. Ich weiss jetzt alles.»

Gubler beendete den Anruf. Er drückte sich in die Ecke und versuchte, seine Gedanken zu ordnen. Seine Gefühle fuhren Achterbahn. Irgendwo zwischen Cavaglia und La Rösa schlief er ein.

In Pontresina wurde er vom Zugbegleiter geweckt. Gubler bedankte sich und stieg aus. Es schneite. Die grossen, dichten, weichen Flocken fielen im Zeitlupentempo vom Himmel und bedeckten alles majestätisch unter sich. Er war kein Freund des Winters, aber solche Schneefälle hatte er immer geliebt. Sie riefen in ihm Erinnerungen wach. Erinnerungen an eine unbeschwerte Kindheit.

Ein Hallo riss ihn aus den Gedanken an seine Kindertage. Hanna wartete vor dem Kiosk. Er nahm sie in die Arme und konnte die Tränen nicht mehr zurückhalten. Die letzten zwei Tage hatten Spuren hinterlassen. Er bat Hanna, ihn zum Friedhof San Peter in Samedan zu fahren.

Während der Fahrt nach Samedan erzählte er ihr in kurzen Sätzen die Neuigkeiten. Im Detail wollte er später mit ihr darüber reden.

Als sie in Samedan ankamen, hatte der Schneefall nachgelassen. Gubler öffnete das grosse Eisentor zum Friedhof. Eine innere Wärme durchfloss ihn. Er stand vor dem Grab seiner Eltern und fühlte eine unerschütterliche Ruhe.

Es hatte aufgehört zu schneien, der Himmel riss auf und der Vollmond erschien über dem Piz Muragl.

Er drückte Hanna fest an sich.

«Komm, lass uns nach Hause gehen», sagte sie.

Guten Tag,
ich bin Zytli.

Dank

Drei Personen möchte ich meinen ganz besonderen Dank aussprechen: Angelika Overath, die mich animiert hat, den Roman weiterzuschreiben. Dann meiner Frau Simone für ihre gnadenlosen, kritischen Stellungnahmen. Und ein spezieller Dank geht an Andrea Urech für die stete und unermüdliche Unterstützung.

Von Reto Zuan erhielt ich wertvolle Hinweise über die Cheva plattas da Fex.

Dem Zytglogge-Team mit Verlagsleiter Thomas Gierl danke ich für die gute Zusammenarbeit und das Vertrauen in mein Erstlingswerk.

Das Gedicht, eigens für diesen Roman geschrieben, hat mich besonders gefreut – grazcha Jessica.

Anmerkungen

1 Herrgott nochmal, du dummer Hund! Renn oben durch.
2 Zum Teufel! Sind das dumme Tiere!
3 Rosen (von Hand gemachte Papierrosen)
4 Engadiner Brauch am 1. März, um den Winter zu vertreiben
5 Ja, gerne, mein lieber Alessandro.
6 Hallo, Alessandro. Ich habe Neuigkeiten für dich. Grüsse, Marco.
7 Ich melde mich bei dir. Gute Nacht, Marco.
8 Ein guter Kerl und früher einer der besten Skifahrer im Engadin.
9 Alles in Ordnung. Komm, Sky, genug für heute.
10 Hallo, Alessandro. Vielen Dank für deine Antwort. Ich würde gerne mit dir sprechen. Wie wäre es bei einem feinen Nachtessen im Hotel Sonne? Ich freue mich auf deine positive Antwort. Liebe Grüsse, Marco.
11 Hallo, Marco. Hier ist Alessandro. Ich bin auf dem Weg nach Zürich. Kannst du mich bitte zurückrufen? Danke.
12 Hallo, Liebes. Stell noch einen Teller bereit. Gubler kommt auch zum Mittagessen.
13 Hundert Menschen, hundert Ideen.
14 Finken anziehen!
15 Ja, hallo. Wer will etwas von mir?

Ebenfalls bei Zytglogge erschienen

Peter Beeli
Wolfseisen
Roman
ISBN 978-3-7296-5097-8

Davos, im Winter 1430: Ein Pferd kehrt allein nach Hause zurück. Vergebens wartet die Familie auf den Vater, den Landammann. Mit den Schneemassen, die das Dorf von der Aussenwelt abschneiden, wächst der Hunger. Der Tod rafft die Talbewohner dahin, die Särge stapeln sich vor der Friedhofsmauer. Der ungewohnt lange und harte Winter weckt bei den Menschen den Verdacht, vom Herrn für ihre Sünden bestraft zu werden. Mit dem spät einsetzenden Frühling kommt der Vogt mit seinen Kriegs- und Folterknechten im Gefolge ins Tal, um Blutgericht zu halten. Seine Untersuchung fördert grausige Geheimnisse und einen Schuldigen zutage. Doch das Sterben nimmt kein Ende. Ein neuer Pfarrer predigt zwar Hoffnung, aber der Sommer bringt keinerlei Entlastung. Und dann kommt der nächste Winter.

Ebenfalls bei Zytglogge erschienen

Daniel Grob
Ein Polizist auf weiter Flur
Roman
ISBN 978-3-7296-5092-3

Konrad Bühler ist der erste Polizist in einer Kleinstadt im Mittelland in den siebziger Jahren. Die Bewohner müssen sich noch an ihn und seine Funktion gewöhnen. Und kaum hat er seinen Posten angetreten, taucht eine Seuche auf: die Tollwut! Sie verunsichert die Menschen, und Bühler wird bedroht und mit nächtlichen Telefonanrufen terrorisiert, weil er kranke Tier von ihrem Leiden erlösen muss, um die Bevölkerung zu schützen. Der Polizist, der eigentlich gerne Bauer geworden wäre, führt seinen Auftrag trotzdem gewissenhaft und mit grosser Achtung vor Menschen und Tieren weiter, bis er beinahe daran zerbricht. Neben der Ignoranz der Mächtigen, Unwissenheit und aufgewiegeltem Hass macht ihm vor allem der arrogante Tierarzt Doktor Ludwig zu schaffen, der alles tut, um den Polizisten kaltzustellen.

Foto: Colin Thalmann

Andrea Gutgsell
Geboren 1965, aufgewachsen in Samedan. Lebt mit seiner Familie in Sils im Engadin. Als leidenschaftlicher Laienschauspieler und Moderator ist er immer wieder auf Engadiner Bühnen zu sehen. Sein erstes Kindermärchenbuch «Gian e Nea – ils gigants da la Val Fex» hat ihn zum Schreiben animiert. Heute arbeitet er als Pfändungsbeamter.

«Tod im Val Fex» ist sein erster Roman.